公主傳奇

第一公主 修訂版

10

馬翠蘿 著

新雅文化事業有限公司
www.sunya.com.hk

人物簡介

周曉星

周曉晴的弟弟，一個風趣幽默的淘氣精，不時有天馬行空的奇怪想法。

馬小嵐

來自香港的烏莎努爾公主，聰明美麗、正直善良。敢於向困難挑戰，最喜歡說的話是「天下事難不倒馬小嵐」。

萬卡

烏莎努爾公國第十九代國王，風度翩翩、英勇果敢。是國民眼中的好君王，小嵐和曉晴曉星心目中的暖心大哥哥。

周曉晴

馬小嵐的好朋友，漂亮活潑，喜歡打扮，最常做的事是和弟弟鬥氣。

目錄

第一章

世界公主大賽

馬小嵐走到曉晴房門口，往裏面一瞧，她的眼睛頓時張大了一倍：

「喂喂喂，你搞什麼名堂？」

七百多平方尺的房間，地上堆滿了衣服、鞋子、飾物，還有各種各樣的日用品，活像一個雜貨攤。

「準備明天出發帶的行李呀！」曉晴說。

小嵐獲邀擔任「世界公主決賽」評判，曉晴和曉星以秘書身分一同前往。

「我說曉晴同學，我們好像只是出去一個星期呀！不用帶這麼多東西吧？」小嵐看看房間裏幾個已經裝得滿滿的行李箱，有點不以為然。

「不多不多！」曉晴一邊說一邊展示她帶的衣服，「你看，白天穿的行政裝，晚宴穿的長裙，平時穿的休閒裝，晨運穿的運動裝；還分出席小場合的、出席大場合的……」

她又在地上東抓一把西抓一把，給小嵐騰出了一條勉強可以落腳的路：「小嵐，快進來。你給我出點

主意好不好，我正拿不準，究竟是帶這條有蕾絲花邊的白色連衣裙，還是這條繡了小碎花的紫色連衣裙。」

小嵐沒興趣和亂糟糟的雜物在一起，她正要離開，隔壁房間傳來曉星的喊叫：「曉晴，曉晴姐姐！還有行李箱嗎？給我拿一個來！」

曉晴嘟噥着：「討厭！」

她放下手裏的東西，拿了一個空箱子，「碌碌碌碌」地拖去曉星房間。

小嵐跟在她後面。

她看見了又一個雜貨攤！曉星房間的地上除了衣服、鞋襪，更多的是各種各樣的玩具，還有說不出名字的東西。

真不愧跟曉晴是兩姐弟啊！

「謝謝姐姐！」曉星接過箱子，又對小嵐說，「小嵐姐姐，進來看看，我帶了很多好東西呢！」

小嵐從一個放得滿滿的箱子裏拿出一樣東西，那是一隻怪手，是鐵做的。她忍不住問：

「你帶這怪東西幹什麼？」

見小嵐嫌棄他的寶貝，曉星有點委屈地說：

「小嵐姐姐，這不是怪東西，這是超級無敵機械手！」

曉星得意地拿起鐵手作示範。只見他按了按上面

一個按鈕，就馬上聽到「咔嚓」一聲，鐵手的五隻手指一屈，變成一個拳頭：「萬一遇上海盜，我就給他一拳，讓他有來無回！」

曉晴一聽馬上尖叫起來：

「海盜？！真的有可能遇上海盜嗎？那太可怕了。」

小嵐卻是興致勃勃的：

「我還沒見過真正的海盜呢！我倒希望這次出海能遇上，要不出一趟遠門，除了參加世界小姐決賽就沒別的，那多乏味啊！」

「小嵐姐姐，你和我所見略同呢！」曉星舞着鐵手，「要真的碰上海盜，我見一個抓一個。」

曉晴捂住耳朵跑出房間：

「天啦，我怎麼跟兩個瘋子在一起！」

這時，小嵐的電話響了。是茜茜公主打來的。

茜茜是胡魯國的公主。早前小嵐幫助胡魯國偵破了「國王掉包」奇案，令差點成了孤兒的茜茜失而復得，找回了自己父親。自此，她跟小嵐成了最好最好的朋友。

茜茜對小嵐又是崇拜又是依賴，平時有事沒事就使用視頻跟小嵐見面聊天，大至她的國家發明了新型飛機，小至她養的小烏龜下了蛋，都跟小嵐唸叨半天。很多時候弄到小嵐呵欠連天才肯罷休。

「小嵐，怎麼昨晚你沒上Facebook，我一直找不到你呢！」電話那頭傳來的聲音挺委屈的。

茜茜其實跟小嵐年齡差不多，但在小嵐面前，她總像個愛撒嬌的小妹妹。

小嵐說：「昨天晚上我去了孤兒院，給小朋友送玩具呢！」

「噢，那我原諒你了。」茜茜馬上變得興高采烈的，「小嵐小嵐，一想到明天就可以跟你見面，跟你一起玩，我就高興得睡不着。好想太陽快點下山，快點升起來，讓我好馬上出發啊！」

小嵐說：「急什麼，我們有一個星期可以在一起呢！」

「怎麼不急，我現在是多等一分鐘都嫌長呢！」茜茜吱吱喳喳地說着，「我把快樂跟很多人分享，嫲嫲、爸爸、媽媽、叔叔、嬸嬸、照顧我的展霞，連哈大利和哈小利我也告訴了。」

哈大利和哈小利是茜茜養的兩隻狗。

小嵐笑着說：

「那牠們有什麼反應，一定很替你高興。」

茜茜一本正經地說：

「哈大利說『汪汪汪』，我猜是『太好了』的意思；哈小利說『汪汪汪汪』，我估計狗語言的意思應是『玩開心點』……」

小嵐打着哈哈説：

「也許是『我也想去』呢！」

茜茜大叫起來：

「啊，有可能呢，可憐的利利！可惜大會規定不許帶寵物呢！」

茜茜替哈小利惋惜了半天之後，又神神秘秘地説：

「猜猜我這次去旅行帶了些什麼？」

小嵐想：還用猜嗎，肯定比曉晴更誇張。她怕茜茜一樣一樣地給她數，那就真是要命了，所以趕緊衝着電話打了個無比響亮的呵欠：「啊，好睏啊！」

茜茜聽了，緊張兮兮地説：

「啊，小嵐你睏了嗎？那你去睡好了。我不想你明天起不了牀。誤了上船，那我就見不到你了。」

小嵐一聽有如得了大赦，趕緊説了聲「拜拜」，就關上了電話。她生怕茜茜一高興又重新撩起話題。

見到曉星和曉晴仍在熱火朝天地收拾行李，小嵐便回房去了。

赫然見到衣帽間放了十個行李箱。啊，誰放這裏的？

小嵐喊了一聲：

「瑪婭！」

能幹的女管家瑪婭應聲而來：

「公主，有什麼吩咐？」

小嵐指着那十個行李箱問：

「這是誰的？」

瑪婭謙恭地説：

「公主，是您的。裏面是我給您收拾的，出席世界小姐決賽要用的衣服和日用品。」

「我的？！不是吧！」小嵐吃了一驚，她平時出外旅行，都只是拖着一個小皮箱而已，「才出去一個星期，又不是搬家！裏面都放了什麼東西？」

「衣服五十套，鞋子三十雙，首飾……」

「停停停！」小嵐十分吃驚，「不是吧！我一個人，用得着這多嗎？」

瑪婭溫順地微笑着：

「公主，不多了。上午穿一套，下午穿一套，晚宴時一套，每天都不能重複；還有接見不同國家客人時不同的衣服，比賽當晚穿的盛裝；還有披風、睡衣、休閒服……五十套真的不算多。這是禮儀局的娜娜局長給您安排的，原先還遠不止這個數呢，我知道您不喜歡排場，已替你減了一部分。您向來衣服不多，我還特地給你買了新的……」

小嵐想，天哪，太鋪張浪費，太不環保了！

她斬釘截鐵地説：「瑪婭，你替我重新收拾行李。你聽着，衣服不超過十五套，鞋子不超過五雙，

還有⋯⋯」

瑪婭聽小嵐說完，為難地說：

「這⋯⋯公主，這次跟您平常自己出門旅行不同，你是擔任世界公主評判。娜娜局長說，關係到國家形象⋯⋯」

身後響起一把溫和的聲音：

「瑪婭，你就按小嵐說的做吧！」

小嵐和瑪婭扭頭一看，來人英俊不凡、氣宇軒昂，原來是萬卡國王。

年輕國王帶着一臉欣賞，笑意盈盈地看着小嵐。

瑪婭不敢仰視，俯身答了一聲：

「是，國王。」

小嵐朝萬卡扮了個鬼臉：「知我者，萬卡也。」又笑說：「你不怕別國那些打扮得花枝招展的公主把我比下去嗎？」

萬卡拉着小嵐的手走出了衣帽間，他說：

「我才不擔心呢！我的小嵐公主，不管穿什麼，都肯定是最美麗的一個。」

小嵐臉有點發紅，她輕輕捶了萬卡一拳：

「讓曉星教壞了。油腔滑調！」

萬卡哈哈大笑。

年紀輕輕的他，肩負着統治一個國家的重擔，日理萬機，辛苦是不足為外人道的。作為一國之君，平

日也是一臉嚴肅、少年老成。只有在小嵐面前，他可以放鬆自己，可以隨便笑、隨便說話，可以展示他的真性情。

萬卡扭頭看看小嵐，笑着問：

「我午飯後來找過你，你上哪兒玩去了，手機都沒帶。」

小嵐擠擠眼睛，說：

「我不告訴你。」

萬卡睒着眼睛打量着小嵐：

「不告訴我也知道，你這小頑皮又去爬樹摘石榴了。」

小嵐驚訝地說：

「哇，你怎麼知道的？」

萬卡伸手從她頭髮取下一片綠葉子：

「看，這石榴葉子就是犯案證據。」

小嵐嘻嘻地笑了起來：

「國王陛下，你將來不當國王了，可以去做偵探。」

萬卡伸手彈了彈她小巧的鼻子，說：

「不敢不敢，我只是跟你小嵐大偵探學了一招半式罷了。」

「你不說我還差點忘了請你吃石榴。」小嵐拉着萬卡走進客廳，「我給你留了兩個大的。曉星一直對

它們虎視眈眈的，我誓死捍衛才保住了呢！」

萬卡笑呵呵地說：

「小嵐，你好厲害啊，竟然能夠從那饞貓嘴裏留下吃的！」

「你知道就好。你得仔細品嘗哦！」小嵐把洗乾淨的石榴遞給萬卡。

萬卡接過，張嘴咬了一大口，一邊吃一邊說：

「嗯，好吃，好吃！」

小嵐笑瞇瞇地看着他的吃相，心裏直樂。

這時，侍女送當日晚報來了。萬卡誇獎說：

「我們的小嵐公主真是關心國家大事。」

小嵐得意地說：

「不光是國家大事，還有世界大事呢！」

小嵐指着報紙頭版大叫起來：

「啊，你看，阿達抓到了！」

只見那頭條新聞用大大的粗體字寫着：

「五國反恐部隊聯手緝兇，恐怖組織頭目阿達落網！」

阿達兩年前在幾個國家策動恐怖襲擊，包括劇院炸彈事件、地鐵毒氣事件等等，令許多無辜百姓慘死。藏匿兩年之後，終於落入反恐部隊手中。

小嵐感慨地說：

「真是『天網恢恢，疏而不漏』啊！做了壞事的

人，不管逃到哪裏，都逃不過正義的力量。五國聯手，看看是哪五國？胡陶國、蘿莉國、神馬國、胡魯國、英之國。咦，怎麼沒有烏莎努爾呀？做這樣正義的事情，怎可以缺了我們！」

萬卡一直笑瞇瞇地看着小嵐說話，聽到小嵐問，便說：「我們有參與呀！阿達藏身地點是我們的情報人員探聽到的，也是我秘密通知五國首領的。只是因為那藏身的地方離我們遠了點，所以就由這五個國家的反恐部隊出動，把阿達抓了。」

「原來是這樣。」小嵐繼續讀着報紙，「……阿達現在被關押在一個秘密地點。由於阿達策動的恐怖事件涉及多個國家，對全世界造成危害，所以，阿達應會於日內移交正平國際法庭審訊……」

「把阿達送正平國際法庭受審，這很應該啊！」小嵐放下報紙，跟萬卡討論，「我覺得阿達是全世界的公敵，交由國際法庭審判，是最公平公正的做法。」

「很對。」萬卡點點頭表示讚同，又說，「不過，這件事情可能沒那麼順利。因為賈虛國已經向五國施壓，要求把阿達交給他們處理。」

賈虛國和烏莎努爾一樣，都是世界上舉足輕重的大國。但賈虛國和烏莎努爾也有不一樣的地方，烏莎努爾從不以勢欺人，而賈虛國卻常常仗着自己擁有強

大的軍隊和經濟實力，凌駕於其他國家之上。

小嵐有點氣憤，她說：

「這買虛國也太霸道了。阿達為什麼要交由他們國家審理呢，真沒道理！」

萬卡告訴小嵐說：

「這是買虛國總統奧朗的私心。奧朗曾向全世界作出保證，向買虛國人民作出保證，承諾一定要捉到阿達，把他繩之於法。但是兩年過去了，他們卻一直沒法找到阿達的蹤跡。而最近碰上總統換屆，奧朗正發愁任內沒有什麼重大政績，擔心無法戰勝他強大的競爭對手貝伯。所以這次五國捉到阿達，正是他貪天之功為己有、爭取連任的最好機會，所以他第一時間就向五國要人。」

「奧朗為達到自己個人目的，竟要違反國際規定，真過分！」小嵐直搖頭。

「是啊！」萬卡皺着眉頭說，「我擔心五國根本無法與他抗衡，最終要把阿達交給他們。聽說奧朗已打算利用抓獲阿達這件事，搞些大型活動，以壯自己聲勢。」

「這人真是厚顏無恥！」小嵐最鄙視這種人了。

兩人邊讀報邊討論時事，不知不覺已經很晚了。

「你明天要早起，早點睡吧！」萬卡溫柔地看着小嵐，抱歉地說，「明天上午有幾個外國來使要

見，我不能給你送行，也不能陪你去玫瑰島，真對不起。」

小嵐頭一歪，調皮地說：

「不用對不起，滿足我一個小願望便行了。」

「啊，太好了，你有什麼願望，儘管說！」萬卡好像有點求之不得的樣子。滿足小嵐的願望，讓小嵐開心，是他最樂意做的事呢！

小嵐說：「等我從玫瑰島回來，你帶我去莞香山打獵！」

萬卡忙不迭地點着頭：

「好好好！我到時送你一枝打獵用的微型麻醉槍，那是開明國國王送給我的。它能自動瞄準，百發百中。」

「噢，好玩好玩！我們一言為定。來，我們拉鈎。」小嵐拉起萬卡的手，用自己的小指頭去萬卡的小指頭，「拉鈎上吊，一百年不許變！」

第二章

公主要出門

長樂國的樂漁碼頭經歷了自建成以來最輝煌最熱鬧的一天。

不同國籍的飛機升升降降，把參賽公主送來這裏，各種型號的名車排得望不到頭，幾百名傳媒記者像蜜蜂聞到花香一樣蜂擁而至……

岸邊停靠着一艘小郵輪，郵輪不大但很豪華，再過半小時，郵輪就會啟航，把參賽公主們送往風光旖旎的玫瑰島。幾天後的世界公主決賽就在玫瑰島的海灘舉行，到時藍天碧海為景，綠樹黃沙相襯，二十名公主載歌載舞各顯美態，必定美不可言。

曉星和曉晴十分興奮，他們的眼睛都滴溜溜地轉着，像隻小獵犬一樣，搜索着自己感興趣的事物。

曉晴的眼睛一直盯着公主們的衣着打扮，嘴裏不住地評論着：

「那位穿黃衣服的太俗，那女孩的裙子大紅大紫的，太誇張了吧！哎，那長頭髮的女孩不錯哦，衣着高貴大方，品味跟我很接近……」

曉星對被「鐵馬」攔在十米遠、正在忙着拍攝公主們美態的攝製隊很感興趣。這傢伙最近迷上了拍短片，常常拍些莫名其妙誰也看不懂的東西上載互聯網。

　　小嵐一下飛機就被飛撲過來的茜茜抱住了，兩個好朋友哇哇叫着跳啊跳的。

　　「小嵐，我說你不應該當評判，應該參加選美。要是你也參加，『世界公主』你拿定了！」茜茜親切地摟着小嵐的肩膀。

小嵐笑着説：

「算了吧，這機會讓給你好了。還是當我的評判好，悠閒自在、沒有一點壓力。」

茜茜聽了很高興：

「讓給我？那你是説，我有可能當上世界公主？」

小嵐伸手捏捏她的臉蛋：

「當然！看這張小臉多麼漂亮！」

也許女孩子都喜歡被人稱讚，茜茜開心得嘻嘻直樂。

小嵐正和茜茜閒聊，忽然聽到附近有説話聲：

「爸爸，我還是覺得不請保鏢隨行很不妥，萬一半路遇上恐怖分子呀海盜呀什麼的，那怎麼辦！」

順着聲音看過去，見到在距離五六米處，有一男一女兩個歐洲人在説話。那被喚作爸爸的男人看上去大約六十多歲，頭髮白得像頂了一頭雪。跟他説話的是一位身材苗條的年輕女子，她金髮碧眼，身穿行政套裝，像是大會的工作人員。

「哪裏有這麼多恐怖分子。你沒看到報紙嗎？恐怖分子頭目阿達已經被捉拿歸案了。」那男人顯得滿不在乎的，「安娜，你別杞人憂天了。就那麼大半天的海上航程嘛，很快就到了。到了玫瑰島，當地會派一支一百人的隊伍負責保護呢，擔心什麼！再説，我

們已經沒有經費請保鏢了。」

年輕女子仍固執地說：

「我記得選美經費裏有一筆錢是專門用來請保安員的，那筆錢足可以請幾十個很專業的保鏢呢！」

男人不耐煩地說：

「我的寶貝女兒，你知不知道，建造那個世界上最美的舞台，經費已經大大超出預算，如果不在別的地方省點，哪有這麼多錢？」

年輕女子很執着：

「爸爸，我覺得安全比華美更重要……」

男人有點生氣了：

「你……」

小嵐怕那年輕女子挨罵，急中生智大聲咳了一下。

果然把那兩個人的視線引來了。

男人朝年輕女子說了幾句什麼，兩人一起朝小嵐她們急步走過來。

那男人朝小嵐和茜茜兩人鞠了個九十度的躬：

「小嵐公主，茜茜公主，你們好！」

小嵐抬眼看着他，微笑說：

「你好！請問先生是……」

「我是這次選美活動的負責人史密斯。」他又介紹旁邊的年輕女子，「她是我的副手安娜。」

小嵐「噢」了一聲，把手伸向他：

「史密斯先生，辛苦了！」

史密斯恭恭敬敬地説：

「不辛苦不辛苦，能擔此重任，是我最大的的光榮呢！」

小嵐又向安娜伸出手：

「你好！」

安娜跟她握了握手，微笑説：

「公主殿下好！」

史密斯因為要處理其他事情，便讓安娜把兩位公主帶上船。臨離開時又朝小嵐和茜茜鞠了一個九十度的躬。

安娜安排了兩間有露台的大套房給兩位公主，兩個套房是毗鄰的，這讓茜茜很高興。

「馬上要開船了，我要到外面照看一下。兩位公主有什麼需要，可隨時按這門上的鈴，一分鐘內我們的工作人員就會來到，為您服務。」安娜説。

小嵐對安娜説：

「我們還有兩位要好的朋友，胡陶國的美姬公主和素姬公主，能把我們旁邊的房間留給她們嗎？」

「沒問題，我給她們留着。」安娜説完鞠了個躬，退出房外。

小嵐見到安娜一直有點悶悶不樂的，便追了出

去，安慰他說：

「安娜，你別不開心，你已盡到責任了。」

安娜知道小嵐聽到了剛才她和父親的談話，便說：

「謝謝小嵐公主。我明白爸爸的心意，他是藝術家，一輩子追求完美。這次世界公主選美決賽，他很不容易才爭取到了主辦權，他希望搞一個最美的選美活動，作為他退休前一個輝煌的落幕。他花了很多心血籌備，尤其在舞台的設計上花了很多心血很多錢，力求新穎完美。但別的可以減，保安費用不能減啊，二十個國家的公主在船上，全都是金枝玉葉，萬一出了事，那怎麼跟這些國家交代？」

小嵐安慰安娜說：

「現在再改變也來不及了，你還是放寬心，我想沒問題的，公主們一定能平安到達玫瑰島。你可以把我當作朋友，有什麼事，你可以找我幫忙，我們一同去解決問題。」

安娜聽了很感動，一個無比尊貴的大國公主，竟可以跟一個小小百姓真誠相對。她說：

「謝謝小嵐公主。我很榮幸成為你的朋友。如果遇到困難，我一定會第一時間找您幫忙的！」

安娜這邊剛離開，曉星咋咋呼呼地衝了出來，一把抓住小嵐的手：

「小嵐姐姐，船要起航囉，我們快到甲板上去！」

曉晴響應號召跑出來了，隔壁房間的茜茜也跑出來了，一行人走到甲板上，扶着鐵圍欄饒有興趣地看着。

廣播催促還沒上船的乘客馬上登船，一時間告別聲不絕於耳。一些未出過門的嬌生慣養的公主，竟然跟送行的親友哭哭啼啼的。

曉星一臉的瞧不起：

「太丟人了，年齡比我還大呢，還哭鼻子！」

小嵐幾個人瞧着那幾個哭哭啼啼的公主直樂，突然有人從後面一把摟住小嵐：

「小嵐，小嵐，可找到你了！」

小嵐回頭一看，啊，正是胡陶國的兩位公主——美姬和素姬呢！

看過《公主河的秘密》故事的讀者，一定記得這兩姐妹。不久前，小嵐以超人的智慧和勇敢，制止了胡陶國跟鄰國的一場戰爭，救了她們兩姐妹，還為她們挽回失去了的感情。所以，她們和小嵐之間的友情可不一般呢！

所以難怪美姬和素姬一見到小嵐，便把公主的矜持丟在一邊，抱着小嵐又是哭又是笑的。

只是被冷落在一邊的茜茜有點吃醋了，直到小嵐

拉着美姬和素姬走到她面前，介紹説，茜茜也是她最要好的朋友，她才轉嗔為喜。

「嗚──」汽笛長鳴，要開船了。

聽到汽笛響，大家「呼」地一下全跑到鐵欄邊，朝碼頭上的人揮手。

這時候，一男一女兩個穿着白長袍戴着口罩的人飛奔而來，正要關閘的工作人員趕緊停住手，匆匆替他們驗了票，讓他們上了船。

「嗚──」船開了。

「我知道，他們一定是隨船的醫生和護士！」曉星看完熱鬧，説，「哇，好險，差一點點上不了船了。」

第三章

大戰「囂張姐」

　　小郵輪在海上平穩地走着，小嵐住的房間擠滿了人，大家天南地北地聊了好一會兒，又看曉星表演了一會「機械手」，之後便都跑到甲板上去看風景。

　　藍天碧海，空氣十分清新，大家迎着涼風陣陣，看海浪湧，看海鷗飛，覺得十分愜意。站累了，便在甲板上找了一處舒適的地方坐下來。在甲板上巡視的安娜見了，忙吩咐工作人員送來精美的茶點，給他們放在小茶几上。

　　曉星一見美食便兩眼放光芒，招呼眾位姐姐：

　　「吃呀吃呀，不用客氣！」

　　他首先以身作則，抓起一塊點心塞進嘴裏。

　　三位要參賽的公主因為要保持美好身段，都不敢吃甜食，小嵐和曉晴也只是淺嘗即止，於是饞嘴的曉星如蝗蟲般把點心一掃而光。

　　茜茜和美姬姐妹瞠目結舌地看着曉星表演大胃王「絕活」。天真的素姬起初還以為曉星是在表演魔術呢，她不相信一個人的肚子怎可能裝進那麼多東西。

等她在桌子下面找來找去都找不到那怕一點餅屑，才相信了曉星絕無半點造假成分，東西全進他肚子裏去了，不禁大叫佩服。

這時候不知有誰在大聲叫喊：

「快來看，到秋海灣了！」

秋海灣是這一帶著名景點，在離岸十來米處的海上，屹立着許許多多幾十米高的礁石，足有四五十座之多。這些礁石造型都十分奇特。

房間裏的公主全都跑出來了，小嵐和一班朋友也走近船舷，興致勃勃地看着。

「啊，看，猴子山！」曉星開心地指着一座礁石。

大家一看，果然，那礁石上有着大大小小的石塊，很像一隻隻形態各異的猴子。

旁邊的公主們也吱吱喳喳地議論着，喊着：

「那座很像燈塔呢！」

「看，那像不像巨型蓮花！」

「馬，那塊礁石真像一匹駿馬！」

直到船漸漸遠離秋海灣，公主們才意猶未盡地離開船舷，三三兩兩地在甲板找地方坐下。

曉星跑回房間拿來一副飛行棋：

「小嵐姐姐，我們玩飛行棋！」

小嵐見到安娜站在不遠處朝這邊微笑，便對大家

說了聲：

「你們先玩吧！」就起身朝安娜走過去。

安娜朝小嵐鞠躬：

「小嵐公主！」

小嵐微笑着説：

「不必這麼客氣，每次見到都要鞠躬行禮，那多拘謹啊！還有，你叫我小嵐好了。」

安娜抿着嘴笑：

「這我可不敢，讓我爸爸聽到，會把我罵死。」

小嵐想起史密斯先生那九十度的鞠躬，不禁也笑了。她又對安娜説：

「自開船到現在，都見到你一直在船上巡來巡去，你去休息一下吧！」

安娜説：「謝謝公主關心。我不累，再説我也不放心，船上有二十位公主，不容有失呢！幸虧大會主禮嘉賓和評判們過兩天才進島，我壓力小一點。」

小嵐是因為茜茜和素姬姐妹想早點跟她見面，吵着要她早點進島，她才今天上船的。

小嵐明白安娜的意思，因為今次主禮嘉賓是聯合國和平協會秘書長安陽，他的安全非常重要。

小嵐突然想起什麼：

「你爸爸呢？好像上船以後就沒見過他。」

安娜説：「他沒上這隻船，他會坐運送舞台裝置

的貨輪。對那些裝置，他緊張得很呢！一定要親自運
送。」

工作人員露西匆匆地走過來，對安娜說：

「斯醫生想要參賽公主名單，他說要替她們安排
營養餐單。」

安娜從口袋裏掏出一隻USB，交給露西：

「零九號檔案便是公主名單。你可列印一份給
他。」

「是。」女孩拿着USB離開了。

小嵐跟安娜正說着話，忽然聽到附近傳來很刺耳
很霸道的說話聲：

「論美貌，論智慧，你以為還有誰能比得過我
嗎？」

小嵐跟安娜循聲看去，只見幾位公主在不遠處說
着話。發出剛才那把刺耳的聲音的，是一個穿黃色運
動服的女孩。她長得很漂亮，可惜那不可一世的神情
和口氣，令人很討厭。

安娜告訴小嵐：

「她是神馬國公主莎莎。神馬國去年發現了新油
田，靠賣石油掙了很多錢，是不折不扣的暴發戶。」

小嵐想，這女孩真膚淺，有錢很了不起嗎？值得
如此囂張。

又聽到莎莎身旁一個短髮女孩說：

「胡陶國兩個公主都長得相當美呢！」

莎莎撇撇嘴：

「她們能跟我比嗎？哼，連我小指頭都比不上！她們的國家窮得要命，沒我們強大，沒我們有錢，她們也沒我美，純粹是來陪跑罷了。」

正在玩飛行棋的那幾個女孩子都停了手，想是也聽到莎莎的話了。

「太過分了！」茜茜站了起來，看樣子準備跟莎莎理論。

美姬拉着她，勸阻説：

「茜茜，別去！這樣沒修養的人，理她幹嗎？我玩我們的。」

茜茜甩開美姬的手：

「不行，我得去教訓她。她們國家只不過比別人多了幾個小錢，有什麼了不起！竟然在這裏説三道四，貶低我的朋友！」

茜茜跑到莎莎身邊，怒氣沖沖地瞪着她：

「你剛才説什麼，你再説一遍！」

莎莎挑釁地看着茜茜，不屑地説：

「又不是説你，關你什麼事！」

茜茜絲毫不讓：

「你在説我的朋友，這比説我還糟！」

莎莎咄咄逼人：

「我說她們是來陪跑的，怎麼樣？說錯了嗎？她們本來就比不過我！」

茜茜氣壞了，大聲說：

「你有什麼了不起，你連美姬素姬的小腳趾都不如。不，是連她們的小腳趾的趾甲都不如……」

「你……」莎莎氣得嘴唇發抖，正要回擊。

小嵐趕緊走過去：

「別吵了。吵吵鬧鬧的，不怕丟了你們國家的臉嗎！」

莎莎瞟了小嵐一眼，抬高聲音說：

「又一個管閒事的來了。你有什麼資格教訓我？」

旁邊的短髮公主拉拉她衣服，小聲說：

「她是這次的評判小嵐公主……」

「啊，小……」莎莎嚇了一跳。

烏莎努爾公主馬小嵐，名字在公主羣中可是響噹噹的，她可得罪不得啊！何況，她是選美評判，能否奪冠，她的一票十分關鍵。

莎莎只覺得自己一下子矮了半截。

小嵐冷冷地說：

「選美靠的是個人實力，不是靠有錢沒錢。明白嗎？」

莎莎滿臉通紅，小聲應道：

「明白。」

莎莎説完，急急跑回自己房間了。

「噢噢噢，『囂張姐』夾着尾巴逃跑了！」曉星拍起掌來。

茜茜大笑着：

「囂張姐？哈，曉星真逗！」

大家都笑了起來。

小嵐走過去：

「剛才誰輸了？到我玩了！」

第四章

恐怖分子登船

　　船已經走了大半路程，再過幾個小時，就可以到達玫瑰島了。大家都走到船舷邊，眺望着遠遠冒出海平線的那個小島嶼，興奮地談論着。

　　安娜緊張的情緒好像也開始鬆弛下來了。

　　突然，露西匆匆走來，對安娜說：

　　「安娜小姐，出事了！」

　　安娜一驚：

　　「什麼事？」

　　露西神情緊張：

　　「斯醫生讓我告訴你，善善國公主發燒，斯醫生懷疑她是患了特型流感。」

　　安娜嚇了一跳。特型流感雖不致奪命，卻會令人高燒咳嗽，神智不清。最要命的是這種病傳染性極高，要是在公主中間蔓延，那這次選美就得取消了。她急忙問：

　　「斯醫生能控制嗎？」

　　露西說：「他說現在最要緊的是看看船上有沒有

人受到感染，如發現就得馬上隔離。斯醫生請你發通知，把船上的人召集到會議室，他要給所有人做檢查。」

安娜急忙說：

「好的好的，我馬上去廣播室發通知，讓所有人到會議室集合。」

除了負責開船的船長、大副和幾名船員留在駕駛室，船上所有人都很快到了會議室。參賽的公主、選美工作人員、船員，七十多人把會議室擠得滿滿的。

安娜怕引起恐慌，沒有講明集合原因，所以大家都在興致勃勃地猜測着。

曉星的嗓門最大了：

「一定是宣布登島時的事情。我猜這時玫瑰島海灘上一定站滿了歡迎的人羣，傳媒記者已準備好照相機和攝錄機，準備我們一靠岸就『咔嚓』、『咔嚓』地拍照；許多土著穿着用樹葉做的衣服，背着手鼓，在蹦呀跳呀的……」

曉星說着，調皮地在會議室的講台上亂跳起來，引起一陣哄笑。連不久前被小嵐訓了兩句的莎莎也都笑得前仰後合。

這時，會議室的門被人推開了，露西帶着兩個人走了進來。他們是穿着白色長袍戴着口罩的斯醫生和一名女護士。

露西對安娜說：

「安娜小姐，斯醫生來了。」

斯醫生問安娜：

「人都到齊了嗎？」

安娜看着斯醫生，回答説：

「除了駕駛室裏的幾位，都到齊了……」

安娜心裏突然湧上了一陣不安，她覺得有點不對勁。

這兩名醫生護士是她聘請的。她曾跟斯醫生面談過，確定斯醫生是一位既專業又和善的人以後，才決定聘用的。

雖然他們戴着口罩看不清臉容，但安娜還是看出了問題。一周前見過面的斯醫生有點禿頂，但眼前的斯醫生卻頭髮濃密。他們不是一個人！

還沒等安娜作出什麼反應，那「斯醫生」已撩開闊大的醫生袍，從裏面拿出一枝衝鋒槍，指着人羣猛喊一聲：

「不許動！」

幾乎是同時，那個女護士也從身上取出一枝手槍，對準人們。

正在得意地蹦跳着的曉星，停留在一個很可笑的動作上，一動不敢動。公主們臉上的笑容凝固成古怪的表情。

會議室裏死一般靜寂。

「啊！」不知是哪個女孩先發出一聲恐懼的叫聲，像會傳染一樣，屋裏此起彼伏一片尖叫。

「別吵，誰吵我就斃了誰！」「斯醫生」兇狠地用槍指着一個正在拚命尖叫的公主。

那公主嚇得臉色煞白，大張着嘴，卻再也發不出一點聲音。

會議室裏又再死寂。

小嵐被眼前的情景嚇了一跳，難道真的碰上海盜了？

她緊張地想：要不要反抗？看了看那兩人手中的槍，都是目前世界上殺傷力最大的武器，即使動作再快，也快不過那裏面射出的子彈。

唯有靜觀其變，看看他們究竟想幹什麼。

安娜面對突然變故，表現得十分勇敢，她大聲喊問：

「你們究竟是什麼人，冒充醫生護士想要幹什麼？」

那男人冷笑一聲：

「哼，可惜你眼力還是差了點，沒有在登船時把我們認出來。而你們的船員竟然匆忙中沒有看我們的身分證明文件。」

安娜明白了。他們是故意遲到的，故意在開船前

一秒才趕來的，為的就是利用混亂逃過閘口檢票員的身分驗證。都怪自己太大意了！

她想起了之前見過的那個和善的斯醫生，禁不住問：

「你們把斯醫生怎樣了？」

那男人說：

「他被關在一間隱蔽的地下室。你放心，等到我們任務完成後，自然會放他出來的。」

安娜很憤怒：

「你們究竟想幹什麼？我們這不是商船，沒有東西可搶。」

有個船員也大聲說：

「是呀，我們船上只是一些要去選美的女孩子。為什麼要欺負她們呢！」

男人趕緊用槍指着那個船員，說：

「別着急，我們要幹什麼，你們很快就會知道的。不過，我首先警告你們，不要嘗試反抗。我們已經在船上安放了兩個遙控炸彈。」

男人說着，用手指指着掛在腰間的一個黑匣子：

「看，這就是遙控器，只要我伸出手指輕輕一按，炸彈就會爆炸，咱們一起玉石俱焚。」

人們不再吭聲，免得激怒這些亡命之徒。

男人又從口袋裏拿出一張阿達的照片，高高舉

起説：

「聽着，我們不是海盜，我們是阿達戰士！我們行不改姓，坐不改名，我叫阿拉比，她叫姬瑪。」

阿達戰士？

有女孩驚慌地「啊」了一聲，隨即又捂住了嘴巴。一陣比剛才更強烈的恐懼在會議室內蔓延。

小嵐知道事態嚴重。阿達戰士就是阿達恐怖組織的人。正是這些人，用殘忍手段製造了多次恐怖襲擊，令許多人無辜慘死。

他們的頭目已經落網，這兩人劫持船隻，究竟想幹什麼？

阿拉比掃視了一下會議室裏的人們，説：

「知道我們是誰了吧，接下來，你們要乖乖地按我説的去做。要是反抗，你們知道會是怎樣下場。」

他朝身旁手持武器一直沒出聲的姬瑪説：「把參賽公主的名單拿出來。」

安娜心裏後悔得要命。他們之前來拿名單，原來是有目的的。

姬瑪警惕地掃視了人們一眼，一隻手仍握槍對準人羣，另一隻從口袋裏拿出一張紙。

阿拉比説：

「下面讀到名字的六個人站出來。」

幾個膽小的女孩開始發抖。太嚇人了，誰也不想

被這些殺人不眨眼的魔鬼點到名字。

姬瑪看着名單唸道：

「蘿莉國公主胡追追。」

沒有人出來。

姬瑪又喊了一次：

「蘿莉國公主胡追追。」

還是沒有人出來。小嵐用眼的餘光看到離她不遠處，那身材瘦小的胡追追臉色煞白，好像快要昏倒了。

她會惹惱匪徒的。小嵐擔心極了。

阿拉比見沒有人出來，一伸手，把離他最近的安娜抓住了。他用膝蓋一頂，逼安娜跪倒在地上，然後把槍指着她的腦袋，吼着：

「再不出來，我就打死她。」

胡追追一見，嚇得尖叫起來：

「別，別殺她，我出來，我出來！」

她顯然腿在發軟，很困難地挪着腳步，慢慢走到人羣前面。

阿拉比仍然用槍對準安娜，喊道：

「姬瑪，繼續唸！」

人們驚恐地看着姬瑪的嘴，生怕她唸出自己的名字。

姬瑪看了看名單，唸道：

「神馬國公主莎莎。」

莎莎一愣，猶豫了一下，然後慢慢走了出去，站在胡追追身旁。胡追追好像抓住救命稻草一樣，一把抓住莎莎的手。兩人互相依偎着，不知等待她們的命運是什麼。

姬瑪繼續唸名字：

「胡陶國公主美姬、素姬！」

小嵐心裏一沉。

她明白匪徒叫這六個人出來的目的是什麼了。接下來的應是胡魯國的公主茜茜，還有英之國的公主杞子。

她們是聯手抓到阿達的那五個國家的公主。

這些人是來報復的。為他們主子阿達的被抓而報復那五個國家。

他們會怎樣對待這六位公主？小嵐擔心得一顆心吊上了嗓子眼。

美姬和素姬聽到唸她們名字時都愣了愣，但她們真是好勇敢，馬上毫不遲疑地手拉手走了出去。她們不想安娜有危險。臨走出去前，她們都不約而同看了小嵐一眼，那充滿恐懼和憂心的眼神，令小嵐很難受。

接下來果然是唸了茜茜的名字。茜茜一點都不害怕，她昂首闊步地走了出去，邊走還邊用眼睛狠狠地

瞪着那兩個匪徒。

　　最後唸的，果然如小嵐估計的，是英之國的杞子。

　　但沒有人從人羣走出來。姬瑪又唸了一次，還是沒有。

　　阿拉比發怒了，他把槍抵在安娜後腦，如鷹隼般犀利的眼睛把人羣掃視了一會，吼道：

　　「杞子，誰是杞子？！別以為躲着就可以平安無事。你再不出來，我就先殺了這個女子，然後一分鐘殺一個人，你最後也難逃一死！」

　　小嵐看着那人兇狠的眼神，知道他真的會開槍殺人，不禁為安娜捏一把汗。

　　杞子呢？杞子在哪？怎可以見死不救！

　　小嵐感覺到身後有人在顫抖，她用眼尾的餘光朝後面看去，那人正是英之國的杞子，她蹲在地上，試圖利用前面的人擋住綁匪的視線。

　　小嵐很生氣，這人太自私了！她忍不住提起腳，朝後面踢了一腳。這是提醒和警告，要杞子趕緊出去。

　　沒想到後面的杞子往下一縮，躲得更徹底了。

　　看樣子，她是不會主動走出去的了。

　　小嵐看着被槍指着的安娜，心裏擔心極了。阿達組織的人可不是善男信女，他是絕對可能開槍打死安娜的。怎麼辦？！

按眼前的情形，反抗是沒可能的了，匪徒的子彈絕對比她的動作快。

阿拉比見到還是沒有人走出來，生氣了，他說：

「我數三下，再不出來，我就開槍！一⋯⋯二⋯⋯」

「住手！我就是杞子！」小嵐大喊一聲，她撥開人羣，走了出去。

認識小嵐的人，見到她頂替杞子令自己陷入險境，都大吃一驚。曉星還試圖把她拉住，但被小嵐甩開了。

小嵐毫無懼色，走到阿拉比面前站定，冷冷地直視着他。

大概是由於阿拉比的眼神太犀利，所以從來都沒有人敢於這樣跟他對視吧。阿拉比沒想到眼前一個看上去弱弱的女孩，竟然毫不畏懼地瞪着自己，他竟有點慌亂地把目光移開了。

他好像有點惱羞成怒，朝人羣大聲吼道：「餘下的人就乖乖留在這房間裏。別企圖打電話求救，這船上所有通訊設備都被破壞了，連電話網絡也被干擾了，你們的手機已統統不能用。」

說完，他一把推開安娜，又對着六位公主吆喝着：

「跟我走！」

姬瑪揮揮手槍，喊道：

「走！」

小嵐回頭望了一眼，見到曉晴滿臉淚水，曉星的嘴巴在動卻是無聲的，小嵐從他口形看出他在不斷地喊着：

「小嵐姐姐，小嵐姐姐……」

安娜揑緊拳頭，向前跨了一步，看樣子是想跟匪徒拼一場。小嵐趕緊用眼神制止她，不可妄動。

安娜悲哀地站定，目送着她們。

小嵐回眸一笑，用眼睛傳遞心聲：放心，我們會沒事的！

她挽着茜茜的手大步走出了會議室。其實她之所以頂替杞子，除了救安娜之外，還有一個目的，就是混在這五位公主裏，想辦法幫助和保護她們。

天下事難不倒馬小嵐！就不信鬥不贏你們兩個匪徒。

會議室裏的人眼睜睜地看着六名女孩被匪徒押走，卻無法反抗。阿達戰士出了名的殘忍，他們不敢冒險。

第五章

六個公主和兩個綁匪

黑布蒙眼，雙手被綑綁，小嵐她們被押上了另外一隻船。

接着在海上航行，不知道具體時間，只覺得十分漫長。後來又被推上岸，步行了一段時間，終於停了下來。

一隻手粗魯地扯下了小嵐的蒙眼黑布。她不習慣地瞇起眼睛，過了一會兒，才勉強適應。

眼前除了樹還是樹，許許多多的樹。除了六個公主和兩個綁匪，極目遠望，看不到一個人、一間屋。她們處身一片森林中。

阿拉比和姬瑪不知什麼時候已脫掉口罩，換上了一個黑色的頭罩，只露出兩隻眼睛，還有嘴巴鼻孔。

阿拉比揮着槍，驅趕着公主們走到一棵大樹下，讓她們坐下來。又粗聲粗氣地說：

「你們聽着。你們最好乖乖地待在這裏，不要想着逃跑，這裏是一個遠離陸地的小島，你們跑不了的。」

他説完，和姬瑪一起扛着一些通訊器材，到一邊架設去了。

公主們圍成一圈，小聲説話。

茜茜氣呼呼地説：

「該死的綁匪，幹嗎綁架我們。」

小嵐看着她，提醒説：

「你還不明白嗎？你想想你們國家剛剛做了一件什麼了不起的大事。」

素姬腦筋最快：

「啊，我明白了，是我們五個國家聯手抓住阿達的！」

公主們馬上恍然大悟：阿達戰士在對五國採取報復行動。

公主們都很害怕。阿達組織的人向來以殘忍出名，無辜百姓都可以任意殺害，現在她們的父王抓了他們的領袖，不知道他們會採取怎樣的瘋狂報復行動呢！

胡追追嘴唇顫抖，眼裏滿是恐懼：

「他……他會殺我們嗎？」

小嵐安慰説：

「不會。如果要殺我們，早就殺了。何必大費周折把我們擄到這裏。大家不要怕，不要自亂陣腳。」

她扭頭看看爬上爬下正忙着的兩個匪徒，説：

「看樣子他們在架設通訊器材，準備和外界聯絡。我們先看看他們下一步想幹什麼，再隨機應變。」

　　「嗯！」大家都願意聽她的。

　　夜幕很快降臨，阿拉比和姬瑪忙完他們的事回來了，還撿來了一大堆樹枝。姬瑪點起了一堆篝火，火光中，可以看到新架設的衛星轉播用的器材。阿拉比持槍，筆直地站在火堆旁邊，黑衣黑鞋黑色頭套，在火光中看去分外恐怖。

　　阿拉比喝令公主們在火堆旁排成一列。

　　姬瑪把槍背在身上，拿起了攝錄機，鏡頭對準公主們。

　　鏡頭前的可憐的公主們，雙手被反綁在背後，被阿拉比用槍指着，就像一羣待宰的小羔羊。

　　姬瑪開始拍攝。

　　阿拉比望着鏡頭，大聲喊道：

　　「我們是阿達戰士！我們永遠忠於阿達！忠於阿達！」

　　接着，阿拉比用低沉的聲音説：

　　「胡陶國、蘿莉國、神馬國、胡魯國、英之國，你們的國王聽着，我們的領袖阿達不幸被你們所捉，現在，我們以牙還牙，捉了你們的公主。要想你們的公主活命，就放了阿達領袖。否則，她們別想有命回

家。」

姫瑪把鏡頭對着公主們，畫外音是阿拉比惡狠狠的聲音：

「睜大眼睛看看你們的寶貝女兒，胡陶國公主美姬素姬，蘿莉國公主胡追追，神馬國公主莎莎，胡魯國公主茜茜，英之國公主杞子。」

姫瑪鏡頭一轉，又轉回阿拉比的臉，阿拉比直望鏡頭説：

「聽着，我要你們放了阿達領袖，並提供一架小型飛機，由他自己駕駛離開。明天上午八點三十分之前，我們要聽到阿達親自跟我們説，他已經被釋放了。他到達安全地帶之後，我們就會放了你們的公主。要是明天上午八點三十分還沒收到有關信息，我就殺一個公主。半小時後再收不到信息，再殺一個，直到收到信息為止。」

阿拉比最後來了個立正，高聲説：

「我是阿達戰士，我永遠忠於阿達！」

姫瑪放下了攝錄機。

阿拉比朝公主們説：

「現在，你們祈求你們的老爸好好配合，把阿達領袖放了，要不然，你們別想活着回家！」

素姬和胡追追嚇得哇一聲哭了，其他女孩也都臉色蒼白，身體在發抖。

小嵐雖然仍保持鎮定，但心內也在顫抖，可惡的恐怖分子，竟然使出這樣惡毒的手法，脅迫五國放人。恐怖分子做事向來殘忍，如果在明天早上八點半前想不到更好的解決辦法，恐怖分子真的會大開殺戒的。

阿達是個極端危險的人物，好不容易把他捉拿歸案，怎可以再放虎歸山！

阿達不能放，六個公主也不能死。這是小嵐給自己下的命令。

兩個綁匪把她們趕回大樹下，又把她們的腳也綁上了，然後兩人在相距五六米遠的另一棵大樹下坐了下來，小聲商量着什麼。

胡追追挨着小嵐坐着，渾身打顫：

「小嵐，我很害怕！希望父王他們趕快放了阿達，來交換我們。」

素姬拉着她姐姐美姬的手，哭着説：

「我想回家，我想回家！」

美姬滿臉驚惶，但仍然溫柔地安慰着妹妹：

「別哭別哭，我們會沒事的。」

莎莎鼓着兩腮，用腳後跟一下一下地頓着地，好像在跟誰生氣似的。

一直沒吭聲的茜茜突然説：

「你們有沒有想過，阿達已經害了很多人了，要

是他重獲自由，會有更多人死的！」

　　在場的人都沉默了，大家都知道茜茜説得很對。

　　茜茜又説：「説真的，如果要放了阿達我們才能活，我寧願死！」

　　「茜茜，好公主，你真勇敢！」小嵐朝茜茜點點頭，「但是，我們面前並非只有兩條路可走，我們還有一條路，就是自救！」

　　「自救？」莎莎提議説，「不如反抗吧！他們只有兩個人，我們有六個人。我們設法解開繩索，然後一齊衝向他們，有的抱手，有的抱腳，按住他們，搶他們的槍！」

　　「不行！阿達戰士都是神槍手，開槍百發百中。我們還沒挨近他們，可能已經被他們開槍打死了。所以，不可以冒險。」小嵐説完，看看阿拉比和姬瑪，見他們並沒有留意這邊，便小聲説，「其實我已經想到辦法了，今天晚上，我就帶你們逃走。然後儘快通知五國，讓他們千萬別放走阿達。」

　　莎莎驚喜地説：

　　「啊，太好了太好了，真的今晚就能離開這裏嗎？」

　　小嵐點點頭説：

　　「嗯。」

　　茜茜眨着眼睛：

「可是，周圍是茫茫大海，我們怎麼走得了？」

小嵐用手指點點她的腦袋：

「笨，我們怎麼來的，就怎麼走嘛。」

茜茜恍然大悟：

「對，我們找到匪徒載我們來的那隻船就行。」

胡追追擔心地説：

「可是，得有人會駕駛船隻呀！上哪裏找人替我們開船。」

茜茜和美姬、素姬異口同聲地説：

「天下事難不倒馬小嵐！有小嵐就行。」

小嵐瞪了她們一眼：

「你們真以為我什麼都會呀！」

茜茜睜大眼睛：

「糟糕，難道你不會開船？」

小嵐看見女孩們都緊張兮兮地看着她，不禁撲嗤一聲笑了：

「本來不會的。剛好上星期萬卡教會了我。」

茜茜用肩膀撞撞小嵐：

「壞小嵐，嚇死我了。」

小嵐努努嘴，「噓」了一聲，又説：

「別越説越大聲。你們記住，我現在的身分是杞子，在綁匪面前別叫我小嵐，免得節外生枝。」

大家都表示明白。

這時候，胡追追說：

「小嵐，我餓！」

她一說，大家都覺得飢腸轆轆的。小嵐說：

「來，我們一齊喊餓，盡量大聲點。」

公主們一聽，馬上拚命大喊起來：

「我快餓死了！」

「我快餓昏了！」

「我要吃東西！」

「吃東西，吃東西⋯⋯」

姬瑪和阿拉比正坐在樹下商量事情，聽到叫喊，阿拉比罵了一句什麼，起身過來。姬瑪拉住他，在背囊裏翻了翻，拿出幾包方便麵，走到火堆旁。

她看了看那兩堆熄滅的火，轉身用手指指着胡追追：

「你，去那邊撿點樹枝回來。」

胡追追剛要起來，小嵐在她耳邊嘀咕了一句：

「樹林裏有大老虎的。」

胡追追嚇壞了，馬上不肯起來：

「我、我不去！我怕大老虎！」

姬瑪惡狠狠地說：

「真是好吃懶做的嬌小姐。沒有柴，怎麼燒水泡麵！」

胡追追直往小嵐後面躲：

「不去，死也不去！」

小嵐對姬瑪說：

「她膽子小，我去吧！」

姬瑪看了小嵐一眼，說：

「別走太遠，得讓我看得見。」

「好的！」小嵐順從地站起來，又說，「手還綁着呢，怎麼撿柴。」

姬瑪替小嵐鬆了綁，又瞪了她一眼：

別妄想逃跑，你逃不過我的子彈的。知不知道？」

小嵐表現得很聽話：

「知道。」

十幾二十米以外，就有很多樹，地上有很多乾枯掉落的樹枝。

姬瑪一直對小嵐虎視眈眈的，不過並沒有發現她試圖逃走或搞什麼花樣。只見她除了撿樹枝，對大樹上長的果子也似乎很好奇，還摘了一些放進口袋裏。

姬瑪大聲喊道：

「該幹什麼就幹什麼！你以為是在郊遊嗎？」

小嵐也不生氣，笑嘻嘻地應了一聲：

「好啦，馬上回來。」

小嵐很快抱了一堆樹枝回來了。

姬瑪找來了個破罐子，讓小嵐去裝些小溪水，燒

開水泡方便麵。

小嵐忙開了。她用罐子打來了水，又用幾塊石頭架了一個簡易的「灶」，然後把裝着水的罐子穩穩當當地安放「灶」上；接着，她又把一些樹枝放進灶膛，點燃，很快把火燒得旺旺的。

這些對小嵐來說全不是難事，她曾多次跟着萬卡去參加野外求生訓練，而搭爐灶生火煮食是其中一項必懂的技能呢！

公主們一個個睜大眼睛，好奇地看着小嵐張羅。胡追追說：

「小嵐，你真了不起啊，連生火都會。」

水很快燒開了，小嵐把方便麵放進罐子裏煮。過了一會兒，便聞到一陣香噴噴的氣味。小嵐把罐子拿離火堆，放在地上，想了想，又跑去摘了些大片的樹葉回來。她把樹葉在小溪水裏洗乾淨，捲一捲，啊，變成碗了。

一切準備妥當，小嵐對姬瑪說：

「能解開繩子讓她們吃東西嗎？」

阿拉比好像沒聽到一樣。姬瑪看了看那些女孩，說：

「你替她們解開手上的繩子吧！」

小嵐馬上替五個公主鬆了綁，然後一個個給她們送上麵條。公主們自從吃過午飯後，便沒有東西下過

肚，都餓壞了，大口大口地吃起來。

小嵐看了看兩個綁匪，也用葉子裝了兩份方便麵，送了過去。

阿拉比冷冷地看了看小嵐，沒有理會，繼續低頭擦槍。姬瑪卻一聲不響地伸手把兩「碗」麵都接了過去，然後遞給阿拉比一份。

小嵐笑笑，回到了公主們身邊。

大家興高采烈地吃方便麵，一邊吃一邊嚷着：

「真香真香！小嵐，你也快點吃，真的很好吃呢！」

小嵐拿起一份方便麵，坐到她們中間，狼吞虎嚥吃起來。其實，她也早就餓得肚皮貼着後背了。

吃完麵，小嵐從口袋裏掏出一些紅色的小果子，分給女孩們。那是她剛才撿樹枝時摘的。女孩們看着那些小小的殷紅的果子，驚喜地問道：

「這果子好漂亮啊，能吃嗎？」

「能吃，很甜呢！」小嵐說着，把一顆果子扔進嘴裏，津津有味地咀嚼着。

女孩們見了，也學着她，把果子放進嘴裏。果然，甜中帶一點點酸，味道不錯呢！

茜茜笑嘻嘻地說：

「真像是在度假，吃完飯還有飯後水果！」

莎莎笑着說：

「小嵐，能不能來一客香蕉船？」

茜茜笑着打了她一下：

「做你個大頭夢！」

大家都笑得前俯後仰的。

一把粗魯的聲音把女孩們拉回現實：

「吃夠了沒有，都給我起來。」

阿拉比不知什麼時候走了過來，拿着槍站在她們身後。

女孩們也沒反抗，乖乖地站起來。姬瑪拿來繩子，把六個女孩的手重新反綁在背後。阿拉比不放心，又把女孩們的腳也綁上了。

第六章

黑夜逃跑

夜幕籠罩着小島,公主們相互依偎着,進入了夢鄉。阿拉比和姬瑪雙手把槍抱得緊緊的,靠在樹幹上,也睡着了。

小嵐閉着眼睛,但其實她一直沒睡,一直用地上撿到的一塊石片偷偷地割着身後綁着手腕的繩子。石片不時割到了手,痛得她齜牙咧嘴,但她並沒有停下來,還是一下一下地割着。

一個小時,兩個小時,隨着最後的一割,小嵐兩隻手腕一下子鬆開了。啊,成功了!

小嵐心裏一陣高興,但她不敢停下,馬上又用石片去割綁着腳的繩子。因為兩隻手都可以活動,所以割起來方便多了,不到半小時,綁着腳的繩子也割斷了,她可以自由活動了。

她看看五六米遠的兩個綁匪,見他們睡得沉沉的,便小聲喚醒其他五個女孩:

「喂,醒醒,你們快醒醒。」

公主們一個接一個醒來了。她們知道半夜裏小嵐

會帶她們逃走，其實都沒睡死。

　　小嵐說：「趁那兩個人睡着了，我們趕快走。」

　　小嵐替女孩們解開繩索。茜茜站起來，跺着腳：

「噢，腳麻，手麻，麻死了！」

　　「小心點，別弄出聲音！」小嵐阻止茜茜，又對

大家說，「我們走！」

　　胡追追見到兩個綁匪就坐在她們離開的必經之

路，有點害怕：

「萬一他們醒了怎麼辦？」

　　小嵐低聲說：

「放心。他們不會醒的。你們跟在我後面，一個

跟一個，別走丟了。」

　　女孩們跟在小嵐後面，躡手躡腳地走着，經過那

兩名綁匪身邊時，那兩人果然沒有醒。

　　女孩們不敢鬆懈，屏息靜氣地又走了一段路，才

都鬆了口氣。

　　「自由囉！自由囉！」她們都興奮極了。

　　小嵐四處觀察了一下，說：

「我們就朝着大海那邊走，到了海邊，就可以去

找船。」

　　「好，同意同意！」女孩們跟着小嵐，覺得又緊

張又好玩刺激。

　　幸好這晚有月亮，雖然老是被一層薄薄的雲遮蔽

着，但微弱的光已可以為公主們照亮腳下的道路，令她們不至於摔跤。

胡追追緊跟小嵐後面走着，心裏猶有餘悸：

「哇，剛才好驚險。那兩個惡鬼真能睡。剛才經過他們身邊時，我怕得腳都軟了，生怕他們醒來。」

小嵐得意地説：

「我早就説過他們不會醒來的嘛！」

美姬笑瞇瞇地看着小嵐：

「小嵐，我看你好像心中有數呢！是不是對他們做了什麼？」

小嵐笑着説：

「還是美姬聰明。你們記不記得裝麵條的闊葉子？那葉子其實是一種能幫助睡眠的草藥，人吃了會睡得很沉。所以，不到天亮，他們是不會醒的呢！」

「啊，小嵐真厲害！」幾個女孩讚歎着。

茜茜有點不明白，問：

「我們也有用闊葉子來裝麵條啊，怎麼我們就不會睡死？」

小嵐笑着解釋：

「那是我給你們吃了解藥呢！」

「解藥？原來我們吃了解藥！」大家都很感興趣，不知道何時吃了小嵐的解藥。

小嵐很得意：

「你們忘了，那些酸酸甜甜的紅色果子……」

「啊，原來是這樣。原來那紅果子是解藥！」

「好神奇啊！」大家驚叫着，讚歎着。

莎莎一臉佩服：

「以前也聽說烏莎努爾的小嵐公主很了不起，我還不信呢。現在真是服了！」

茜茜很為自己有小嵐這樣的朋友而自豪，她神氣地說：

「你們現在見到的，只是九牛一毛罷了，我們小嵐的本事十天十夜都說不完呢！我們胡魯國早前出現危難，就是小嵐出手相助，避免了一場大災難的。」

「啊，那故事一定很精彩，講給我們聽好嗎？」胡追追和莎莎一個勁地要求着，美姬素姬也催着茜茜快說。

小嵐瞪着她們：

「喂喂喂，各位姐姐妹妹，現在什麼時候了，我們是在逃走啊！趕快走吧，別耽誤時間了，聽故事以後有的是機會。」

茜茜馬上說：

「是是是，我們還是抓緊時間走快點。逃出去以後，我們成了好朋友，以後有的是機會一塊玩，一塊講故事。」

大家不再吭聲，都加快了步伐。走了一個多小

時，終於看見了大海。

「啊，大海，大海到了！」

女孩們忘形地衝到海邊，在水裏奔跑着。茜茜、莎莎和胡追追三個女孩還用手掬起水，嘻嘻哈哈哈地互相潑着。大家都很開心，彷彿覺得逃走計劃已成功一半了。

小嵐可沒她們那樣輕鬆，她東看看，西看看，尋找船隻。視線裏沒有船的影子，得繼續沿着海岸尋找。

應該往左走還是往右走，才能更快地找到船隻呢？

美姬和素姬走了過來，美姬説：

「小嵐，我們接下來怎麼辦？」

小嵐説：「要儘快找到船。但現在很難判斷船所在的地方。走對了方向，我們會很快找到船。走錯了，就會繞着海島走很多冤枉路。」

這時，胡追追、茜茜和莎莎也停止了嬉戲，走了過來。

胡追追聽了小嵐的話，説：

「左是我的幸運方向，往左走好了。」

大家沉默片刻，也就同意了。因為聰明如小嵐，也沒有一個很好的方法去判斷那隻船究竟是在什麼地方，只好碰碰運氣了！

她們往左走了。可是，她們越走就越覺得，接納胡追追的意見實在是大大的不幸。因為她們沿着海邊環島走了大半個島嶼，走到太陽都從海平線冒出一點點了，還沒看見有船的影子。

　　這就是説，她們本來就應該往右走的。她們當時只要往右走很短一段路，就可以看見那艘救命的船了。

　　「胡追追，你真是個倒霉鬼。」

　　「就是嘛！我們信錯你了！」

　　「累死我了，我快走不動了！」

　　大家一路走一路埋怨胡追追，説她的幸運方向其實是倒運方向，弄得胡追追扁着嘴，快要哭了。

　　小嵐沒好氣地説：

　　「好啦好啦，別埋怨了。剛才你們不也同意往左走的嗎？現在就別埋怨了。」

　　女孩們再也不敢作聲了。

　　其實小嵐心裏挺着急的。天快亮了，要是匪徒醒了追來，那就麻煩了。那些草藥的藥效不會太長，一晚上也就失效了。

　　走着走着，碰到了一處難走的路段，平坦的海灘沒有了，她們得踩在露出水面的礁石，繼續往前走。

　　小嵐回頭提醒着：

　　「前面的路很難走，大家小心點！」

一句話，讓一直在吱吱喳喳說話的女孩們馬上住了嘴。她們小心翼翼地走着，那些礁石都是崎嶇不平的，一不小心就很容易扭傷腳。

幸好這段路並不長，走了十來分鐘，就走過了礁石，見到平坦的沙灘了。

女孩們個個都放下了緊張的心情，又吱吱喳喳地說開了。

「到了，不用再走該死的礁石了！」

「我愛死這些沙灘了！」

「哎喲！」忽然一聲尖叫。是莎莎，她走在眾人最後，她太高興了，從礁石上往沙灘一跳，誰知道就把腳扭了。她把左腳提起，不敢沾地，哭着說：「好痛，好痛！」

小嵐轉回來，扶莎莎坐下，還好，沒什麼大問題。

小嵐正在給莎莎揉着腳，又聽到已向前跑了十幾米的胡追追拚命尖叫：「啊，啊，啊！」

天哪，別是又弄出什麼倒霉的事來了吧！

小嵐吩咐美姬姐妹繼續給莎莎揉腳，自己帶着茜茜跑向前去，見到胡追追張大嘴巴，用手指着前面，嘴裏繼續「啊啊」地叫着，卻說不出一個完整的詞來。

隨着胡追追的手看去，小嵐和茜茜也不禁驚喜地

大喊起來：

「啊，啊，船！」

沒錯，在熹微的晨光下，可以看見那艘讓她們找了大半夜、差點累斷了腿的船，靜靜地停泊在前面海邊。

「喂，船找到了！船找到了！」茜茜回頭對着美姬她們喊着。

「啊，真的！」

「船找到了！噢，太好了，太好了！我們可以回家了！」

女孩們都歡呼起來。

莎莎也顧不上腳痛了，在小嵐和美姬的攙扶下，一拐一拐地向船走去。

無疑，這就是載她們到這裏的船。船不大，只能坐十多二十人，但船身結實，絕對可以經得起大風大浪。

茜茜、素姬和胡追追歡呼着爬上舷梯，跑上了船。小嵐和美姬又是背又是拽的，把莎莎也拉了上去。

一幫人咋咋呼呼地跟着小嵐走進了駕駛室，說是要看着小嵐把船開動的歷史時刻。茜茜還大聲嚷嚷着，回國後要寫一本書，叫《公主脫險記》，要載入胡魯國的史冊。

小嵐學會駕船，還是早前跟萬卡坐遊艇出海時，萬卡教她的。只是短短幾個小時，冰雪聰明的小嵐就把開船的技術掌握得八八九九了。

小嵐叫大家別那麼着急，她還得檢查船上各種設備的完好情況呢！一切都正常才可以駛出去，要不駛出海上才發現壞了，那就叫天不應叫地不靈了。

女孩們可不想錯過那開船的精彩時刻，除了莎莎坐在一邊等候，所有人都跟着小嵐爬高爬低檢查各種儀器。

小嵐臉上高興的神情漸漸褪去，換上了氣憤和無奈。

大家不知道發生了什麼事，茜茜忙問：

「小嵐，怎麼了？」

小嵐氣呼呼地説：

「綁匪真壞！他們把船上的發動機、導航儀等重要的設備全破壞了，這船根本沒法開。」

「啊，天哪！」公主們一聽，個個呆若木雞。

「小嵐，你會修理的，是吧？」胡追追還抱着希望。

大家都眼巴巴地看着小嵐。

小嵐搖搖頭：

「很抱歉，修船我真不會。」

女孩們都呆了，胡追追還「嗚嗚」地哭了起來。

「我早說過，你們是跑不了的。」一把可怕的聲音嚇得女孩們心驚肉跳。

一看，是阿拉比，還有姬瑪。他們不知什麼時候已經上了船，正站在駕駛室門口，用槍指着她們。

阿拉比惡狠狠地說：

「想跑，沒那麼容易！早就想到你們有此一着。」

姬瑪站在他旁邊，冷冷地不發一言。

小嵐憤怒地說：

「你們真是瘋子！把船破壞了，你們不也沒法回去嗎？」

阿拉比冷笑一聲，說：

「我們根本不用操這份心。要是你們的家人識趣的話，自然會送船來給我們的。要是他們不識趣的話，那我們就同歸於盡，我們誰也用不着船隻了。」

好狠毒！小嵐怒視着阿拉比。

在阿拉比和姬瑪的押送下，公主們萬般無奈地走了回去。

小嵐看了看手錶，已經是上午八點十分了，離恐怖分子規定釋放阿達的時間，已不足半小時。

阿拉比又把公主們一個個反綁起來。

第七章

八點半的危機

耳邊響着胡追追和素姬的哭泣聲，聲聲刺痛着小嵐的心。自己真沒用，沒能實現把她們救出去的承諾。

幾步遠的地方站着阿拉比和姬瑪，阿拉比不時抬手望望手錶，看樣子已極之不耐煩。

時間一分一秒過去，如果到時未能如綁匪所願，收到阿達釋放的消息，眼前兩個人一定會毫不猶豫地殺了她們。在阿達戰士的訓練課程裏，絕對沒有「憐憫」和「仁慈」這兩個詞。

周圍籠罩着一片恐怖的氣氛，公主們就像一羣受驚的小羔羊，擁作一團。

小嵐覺得被一種從未有過的恐懼包圍着。她突然覺得自己很軟弱很無助，她覺得自己再也無法自救或救人。

她在心裏吶喊着：萬卡，你在哪裏？萬卡，萬卡，快給我力量！

眼前出現了萬卡親切的笑容。她想，萬卡雖然不

在身邊，但他在那遙遠的地方，一定正在想辦法拯救她，拯救六個被綁作人質的女孩。

小嵐好像又有了勇氣，她挺起了胸膛，對女孩們說：

「別哭，事情並不是那麼糟，希望是有的。」

沒想到胡追追越哭聲音越大，莎莎不耐煩了，大聲喝斥她：「哭什麼呀，別哭！小嵐說得對，希望是有的，我們的親人一定在想辦法救我們。小嵐是烏莎努爾的公主，烏沙努爾這樣一個大國，怎可以容忍她的公主被恐怖分子劫持。」

小嵐嚇了一跳，莎莎說話聲音太大了，要是讓綁匪聽到，會有麻煩的。她朝大樹那邊看了一眼，見到那兩個人虎視眈眈地盯着她們，還說着什麼。一會兒，那兩個人端着槍走過來了。

小嵐用手碰了碰莎莎，莎莎臉色慘白，她意識到自己闖了大禍——綁匪聽到她叫小嵐的名字了！

阿拉比走近，用陰冷的目光看着莎莎，又用手指着小嵐問：

「你老實告訴我，這個冒充英之國公主杞子的人是誰？」

莎莎怕綁匪傷害小嵐，便說：

「什麼冒充？她明明就是杞子嘛！」

姬瑪走過去搧了莎莎一巴掌，說：

「還死撐，她根本不是杞子！我之前已經有點奇怪，傳聞英之國國王是個窩囊廢，怎麼生了一個這樣有能耐的女兒。」

小嵐見莎莎挨打，氣極了，她騰地站了起來：

「幹嗎打人！我告訴你好了。是的，我並不是杞子。那個膽小鬼，躲在人羣裏死不肯出來，一點也不顧安娜死活，我只好頂替她了。你們的目的不是要綁架公主嗎？我也是公主，我是烏莎努爾公主馬小嵐！我主動站出來跟你走，你還想怎麼樣？！」

「ＸＸＸ！」阿拉比說了一句粗話，「你破壞了我的計劃，看我非教訓你不可！」

他說着，揚起手，就朝小嵐臉上打去。

「啊！」看着那隻粗壯的手劈頭劈腦打向小嵐，公主們都嚇得尖叫起來。

讓他蒲扇般大的手搧上一巴掌，沒準腦袋也會歪了。

沒想到小嵐毫無懼色，她挺了挺胸，兩眼怒視着阿拉比，嘴裏發出一聲怒吼：「你敢！」

沒想到，這一喊，竟讓那隻手在半空中停住了。

阿拉比愣了愣，那拳頭在小嵐面前掃過，打向她身旁的一棵小樹。「咔嚓！」那棵碗口粗的小樹竟一下子折斷了，倒在地上。

公主們嚇得目瞪口呆。

姬瑪在一旁冷眼看着，這時候說：

「算啦，暫時放過她們。等阿達領袖重獲自由，再跟她們算帳！」

她看看手錶：「八點二十分了。希望你們的爸爸乖乖放人，要不，就讓他們嘗嘗失去女兒的滋味。」

八點二十分！離恐怖分子要求放人的時間只剩下十分鐘了。

公主們都臉色蒼白，心跳如撞鼓。她們緊緊地挨在一起，希望從其他人那裏獲得支撐自己的力量。

天不知什麼時候變了，天空黑雲密布，風也起了，把樹葉颳得嘩啦啦地響。天地間變得一片昏暗。

阿拉比顯得越來越焦躁，他握着槍，時不時惡狠狠地望向公主們，把她們嚇得心驚肉跳。

正在這時候，突然颳起一陣狂風，樹木被颳得東搖西擺的，地上的落葉被颳得捲起半空。緊接着，又是一陣更大的風，只聽「咔嚓」一聲，不知什麼東西掉到地上，發出「轟」的一聲巨響。

大家都用眼睛去追尋響聲發出處，發現那部架起不久的衛星轉播裝置，已經斷成兩截，掉下的一截直直地插在地上。

阿拉比見了，大叫一聲「該死！」，便跑了過去。

正在這時，又颳起一陣更猛烈的狂風——

一節碗口粗的樹杈被颳斷了，掉落下來，剛好砸在跑過去的阿拉比頭上。阿拉比「啊」地喊了一聲，倒下了。

　　大家目睹這一幕，不禁目瞪口呆。

　　姬瑪尖叫一聲，跑了過去。

　　「阿拉比，你怎麼啦？阿拉比，你別嚇唬我！阿拉比……」姬瑪哭叫着。

　　阿拉比躺在地上，悄然無聲，一動不動。

　　姬瑪把阿拉比抱在懷裏，用手去捂他頭上流着的血，繼續喊着：

　　「天哪，血，血，這麼多的血！阿拉比，你醒醒，你醒醒！」

　　胡追追害怕地說：

　　「他流了很多血，他死了嗎？」

　　其他女孩都緊張地注視着那兩個綁匪。雖然倒下的那個是敵人，是傷害她們的人，但畢竟第一次見到一個活生生的人在眼前倒下，心裏都很害怕。

　　姬瑪繼續狂喊着，但不管她怎樣喊，阿拉比都沒有動過一下。

　　姬瑪感到絕望了，她悲痛欲絕，她仰天長哭：

　　「爸，媽，我對不起你們，我沒把阿拉比弟弟照顧好，弟弟死了，弟弟死了……啊……」

　　公主們聽得清清楚楚的，啊，原來姬瑪和阿拉比

是兩姐弟！

這些善良的女孩竟然被他們的姐弟情深感動得有點動容。眼淺的素姬和胡追追眼睛都濕潤了。

狂風呼嘯中，姬瑪抱着阿拉比，仰天長哭，這情景，令小嵐感到無比震撼。

原來恐怖分子並非冷血動物，他們也有感情的。

要不要出手相救？這個念頭一冒，她馬上又制止了自己。別忘了那是一個危險人物，要不是出了這意外，可能自己和一幫姐妹已經死在他手裏了。

救？不救？小嵐心內掙扎着。

最後她終於決定了。救！好人也好，壞人也好，那也是一條鮮活的生命啊！

況且，她也想跟恐怖分子的人性賭一場。也許，救了阿拉比，就等於救了她們六個人。姬瑪不會殺救她弟弟的恩人。

小嵐對姬瑪説：

「哭是沒有用的，現在最重要的是救治。你放了我，我想辦法救他。」

姬瑪停止了哭叫，她睜着哭腫了的眼睛看着小嵐，説：

「你真的有辦法把我弟弟救活？」

小嵐説：「現在我不能給你什麼保證，但我會盡力。」

姬瑪把阿拉比輕輕放下，向小嵐走過來。

可以清楚地看到，她的頭罩全濕了，那是眼淚浸濕的。

她用槍指着小嵐，急切地問：

「你老實對我説，你是否真的會醫術。」

沒等小嵐回答，她又説：

「哦，我明白了，你根本是在耍鬼計！你想我放了你，你們好趁機逃走。要不是你們捉了阿達，就不會搞出這麼多事，我弟弟就不會這樣！我現在就殺了你們，為我弟弟報仇！」

姬瑪拿起槍，對準公主們。

小嵐大喊一聲：

「笨蛋，你趕快住手！如果你殺了我們，你弟弟就死定了！」

姬瑪愣了愣。

小嵐惱火地看着她，説：

「你要是相信我，那你弟弟或者還有一線生機；如果你不信，那就讓他去死好了。」

姬瑪呆呆地看着毫不畏懼的小嵐，猶豫着。過了一會兒，她好像下了決心，走到小嵐身後，替她解繩索。然後，又用槍口抵着小嵐的背，説：

「走，別耍花招。」

小嵐瞪了她一眼，急急地朝阿拉比走去。

她拉起阿拉比的手摸摸脈博，還跳呢，人活着。她又伸手脫下阿拉比的頭套。

阿拉比的臉第一次暴露在小嵐面前。

小嵐不禁愣了。

雖然阿拉比此刻臉色蒼白、雙目緊閉，但仍掩不住他的英俊秀氣。他很年輕，看樣子頂多十八、九歲。

小嵐想，如此花樣美男，竟然做了阿達戰士，真可惜。

小嵐開始替阿拉比檢查，只見他頭上有一道很深的傷口，鮮血正不住地往外流。小嵐想，像他這樣流血，不足一小時就會死亡。她迅速在自己的外衣上撕下一條長長的布，替阿拉比包紮止血，血很快又浸透了布條。

小嵐見情況不妙，她站了起來，對姬瑪說：

「你聽說過草藥可以治病嗎？」

姬瑪點點頭說：

「聽說過，中國人很擅長用中草藥治病。」

小嵐說：「現在我要替你弟弟止血，但是手頭沒有一點藥，所以，我要到處找找有沒有可用來止血消炎的草藥。」

姬瑪略一猶豫。但她也明白阿拉比情況危險，咬咬牙，同意了。

風繼續颳着，把樹木吹得不住地搖晃，一直注視着小嵐救人的公主們都忍不住喊起來：

「小嵐，風這麼大，危險啊！」

「小嵐，你值得為這樣的人冒險嗎？」

「小嵐，別去！」

小嵐看看姐妹們，説：

「放心好了。我會小心的。阿拉比也是人，從人道主義出發，我是要救他的。」

小嵐說完，從姬瑪手裏拿了個袋子，轉身就往樹林深處跑去。

「等等！」姬瑪喊了聲。

小嵐轉頭，姬瑪扔給她一個手電筒，又小聲補了一句：

「小心！」

這是姬瑪說過的第一句有人味的話。小嵐朝她笑笑：

「謝謝，我會的！」

小嵐跑進了樹林深處，烏雲遮蔽，樹林裏黑得伸手不見五指，幸好有手電筒，小嵐才能走路。

風吹過，發出一陣陣恐怖的呼嘯，就像千萬匹野獸在怪叫。不時有樹杈被吹得掉了下來，有一些還蠻粗大的，要是砸着了，不受傷也得痛上半天。

但小嵐顧不上害怕，也顧不上躲避掉下的東西，

因為時間就是生命，阿拉比隨時有生命危險。她專注地在茂密的草叢中尋找可用的草藥。

她的中醫技術是從萬卡那裏學來的，萬卡讀大學時，曾跟一位中國著名的老醫生學習過中醫，對精深博大的中醫學很有研究。記得萬卡讓她認識的中草藥中，有一種叫「小齒草」的，可以止血，而另一種叫「通通草」的，則有去除瘀血的功能。這兩種藥是目前阿拉比最需要的。

「啪！」一根樹枝掉下來，擦着小嵐左邊臉頰落到地上。小嵐覺得臉上有點痛，但她沒有理會，她只管用電筒照着草叢，低頭找着草藥。

「啊！」突然，小嵐大叫一聲。她看見了，在一叢雜草中，露出了一些葉邊像鋸子一樣有着利齒的小草，那正是能止血的小齒草啊！

小嵐急忙蹲下採摘。草上的小齒把她的手刮破了，滲出血來，她也顧不上了。

因為還得去找能去瘀血的通通草。

小嵐又繼續尋找着。去瘀血的通通草較為稀有，也不知這海島上有沒有。要是找不到的話，那即使為阿拉比的傷口止了血，他仍會因為顱內積血未除而昏迷不醒，成為俗稱的「植物人」。

又找了一會兒，還是沒找到通通草。小嵐不能再繼續找了，因為她必須馬上回去給阿拉比傷口止血，

否則他會因大量流血死亡的。

　　小嵐急忙往回走，由於走得太急，不小心被樹根絆到了，一下跪倒在地上。

　　膝蓋碰得很痛，小嵐也顧不上察看，她趕緊爬起來。布袋裏的小齒草掉了一些出來，落在草叢上，她急忙伸手一一撿回。

　　忽然，她伸出的手停住了，草叢中有一些闊葉的小草，好像是⋯⋯

　　小嵐心裏一陣驚喜，她拔了一根，仔細端詳着。她突然興奮地大喊了一聲：

　　「噢，通通草，可找到你了！」

　　沒錯，她手裏拿着的葉子寬寬的草，正是可以用來去除瘀血的通通草呢！

　　哈哈，真是「踏破鐵鞋無覓處，得來全不費功夫」！

　　小嵐趕緊把那一小叢通通草拔了，放進布袋裏。

第八章

恐怖分子的眼淚

　　小嵐冒着狂風，一路小跑回去。

　　姬瑪跪在阿拉比身邊，悲傷地看着弟弟的臉。看見小嵐回來，她急忙站了起來，問：

　　「找到草藥沒有？」

　　小嵐興奮地點點頭：「找到了！」

　　姬瑪大喜，情不自禁地叫道：

　　「謝謝阿達保祐，謝謝阿達保祐，弟弟有救了！阿達，弟弟不會死的，他會好起來，他會完成救你的使命的。」

　　小嵐一聽火了，她把草藥往地上一扔，説：

　　「你這個喝狼奶長大的孩子，真是死性不改！枉費我冒着危險去找草藥救你弟弟，你卻這樣執迷不悟，那我也沒必要再救你的弟弟了。即使我現在把他救活了，他仍會和你一樣冥頑不靈，仍會幹傷天害理的事。」

　　姬瑪急了，她把手裏的槍一舉，對準小嵐：

　　「你不救也得救，這裏由我説了算。趕快救我弟

弟，要不我殺了你。」

小嵐胸膛一挺，朝着姬瑪的槍迎了上去：

「好啊，你開槍好了，我就是死，也不會救你們這些忘恩負義的冷血動物。」

「你！」姬瑪沒想到小嵐還真的不怕死。她又氣又急，想救弟弟，但又不想認輸。恐怖組織多年的訓練，令他們的字典從來沒有「示弱」這個詞。

雙方對峙了一會兒。姬瑪看看寧死不屈的小嵐，又看看奄奄一息的阿拉比，無奈地放下槍：

「求你，快救我弟弟！」

小嵐傲然地說：

「好，看在你姐弟情深份上，我就答應你。但由現在開始，這裏由我說了算。現在，把你和阿拉比的槍交給我。」

姬瑪無奈地把兩枝槍扔到地上。

小嵐撿起槍，又說：

「把綁着公主們的繩索解開。」

姬瑪猶豫了一下，走過去把綁着公主們的繩索全解開了。

公主們被綁多時，手腳早已麻木了，都在忙着舒展手腳。

小嵐對公主們說：

「快，把姬瑪綁上。」

姬瑪一愣，馬上擺起一個搏鬥的架勢，喊了一聲：

「誰敢過來！」

阿達戰士都是很厲害的搏擊手，如果跟她硬拼，恐怕公主們都不是她對手。

姬瑪又怒視小嵐：

「你要我做的全做了，為什麼還要綁我？」

小嵐用槍指着姬瑪說：

「因為你中阿達的毒太深，因為你太兇悍，因為我不知道你內心還殘存多少善良，因為我不知道是否我救了你弟弟之後卻無法救自己和姐妹們，總之一句話，因為我無法相信你。」

姬瑪仍不肯就範，她說：

「我要是被綁住，就只能任人魚肉。誰知道你會不會趁機把我和弟弟殺了。」

「你們這些恐怖分子，永遠不會理解人性的善良和寬容。」小嵐惱火地說，「看看我這手上被草刮破的口子，看看我臉上被樹枝打出的血，看看我這膝蓋上的傷，如果我不是真心救你弟弟，犯得着冒險去採藥嗎？」

姬瑪這才發現小嵐手上、臉頰上、膝蓋上都有血，不禁愣住了。牙一咬，願意束手就擒。

莎莎和茜茜走了過來，報仇似的，把姬瑪五花

大綁。

　　胡追追看着被綁的姬瑪，可解恨了，指着她罵道：「沒想到會有今天吧！你這個臭恐怖分子，害人精！我們高高興興地去參加選美比賽，卻被你們這樣欺負……」

　　莎莎怒氣沖沖地走近姬瑪，伸手就朝她臉上打去。莎莎想起之前姬瑪搧她的那一巴掌，心裏就氣得慌。

　　「莎莎，算了。」小嵐把她攔住了，「我們是文明人，不能跟恐怖分子一般見識。況且，她已經放下武器了。」

　　小嵐讓莎莎、茜茜和胡追追看守着姬瑪，自己就和美姬姐妹去救治阿拉比。

　　「啊，這傢伙長得真帥！」素姬走近阿拉比一看，馬上驚叫起來。

　　美姬也説：「好好的為什麼要加入恐怖組織呢，可惜了這副漂亮的外表。」

　　小嵐説：「喂，趕快做事。現在他不是帥哥，也不是恐怖分子，他是我們的病人。」

　　用小齒草救人，對小嵐來説已經駕輕就熟了。之前她回到過去改變烏莎努爾的歷史，已經試過用小齒草救了萬卡的祖先楊天行。

　　搗碎的草藥敷到了阿拉比的傷口上，不一會兒，

血便止住了，阿拉比原先慘白的臉容，開始有了一絲暖色。但他仍然昏迷。小嵐並不慌亂，她指揮美姬姐妹，把草藥用水熬得濃濃的，給阿拉比服下。

姬瑪被綁在樹幹上，她的頭套被公主們脫下來了，露出了她那張長得跟阿拉比很像的臉，都是同樣的秀氣好看。這一刻她臉上的戾氣全不見了，眼睛裏的冷酷也沒有了，取代的是柔柔的親情，還有絲絲的感動。她目不轉睛地看着小嵐救治她弟弟，隨着小嵐細心溫柔的動作，隨着阿拉比臉色的好轉，她眼裏泛出了點點淚光。

這時，風停了，天空出現了一片蔚藍，天放晴了。

阿拉比的呼吸越來越平穩，他雖然還沒有醒來，但是看上去已不是呈昏迷狀態，而是在安靜地熟睡了。小嵐知道神奇的草藥已經起了作用，阿拉比已經沒有生命危險了。她站起來，展開雙臂，長長地舒了一口氣。

姬瑪這時擔心地問了一句：

「他什麼時候能醒？」

「這不好說。」小嵐看了姬瑪一眼，又補充說，「不過你可以放心，他不會死的。」

姬瑪哭了，嘴裏還咕嚕了一句什麼，雖然很模糊，但小嵐還是聽到了，她說的是「謝謝」。

小嵐心想，你到底肯説這個詞了。

「嗯。」小嵐看了看姬瑪，問，「能修復通訊設備，跟外面聯繫嗎？」

姬瑪搖搖頭：

「這些通訊設備只有我弟弟懂，我是一竅不通。」

小嵐很想儘快通知外面，把公主們接走。但看來目前只能等了。

公主們正在嘻嘻哈哈地生火煮麵條。事件出現大逆轉，綁架者被制服，這令她們特別開心。雖然危險仍未解除，她們還不知道什麼時候才能離開這孤島，但是起碼她們自由了，不再隨時受到恐怖分子威脅了。

大家都吱吱喳喳地説着話，回憶着這幾天的經歷，回憶着制服姬瑪的情景，都説就像驚險故事裏的情節似的。當然，小嵐就是故事中的主角了。

莎莎真誠地説：

「小嵐，早就聽聞你的厲害，還以為是傳説而已，現在我真服你了。」

胡追追眼裏露出無限景仰：

「我宣布，我已決定把小嵐當成我的第一偶像。我以前最喜歡的戴安娜和米高積遜，將變成第二偶像和第三偶像。」

茜茜開心地摟着小嵐的肩膀：

「之前我們被恐怖分子綁着，現在是我們把恐怖分子綁着，哇，想想都覺得不可思議！」

素姬為自己有這樣一個了不起的朋友而驕傲，她說：「我們早就知道小嵐了不起了！你們有沒有聽過，她化解了我們胡陶國和烏隆國之間的一場戰爭的事嗎？」

胡追追舉起手：

「我聽過我聽過！是我爸爸告訴我的。他一直希望我能成為像小嵐那樣智勇雙全的公主呢！」

小嵐把手一揮，說：

「好啦，別吹啦，我是不會給宣傳廣告費你們的。現在我寧願你們給點吃的，我快餓死了。」

「好好好，麵好了。來，第一份麵給勞苦功高的小嵐。」一直沒吭聲，認真地在煮麵的美姬，用一塊芭蕉葉子捧了一份方便麵給小嵐。

小嵐接過麵條，正要吃，卻看到了綁在樹上的姬瑪。她站起身，端着麵條走到姬瑪身邊，又用樹枝「筷子」夾了一箸麵條，送到她嘴邊：

「餓了吧，吃點麵條。」

姬瑪顯然沒想到小嵐會給她吃的，愣了愣，然後搖搖頭：

「我吃不下。」

小嵐知道她擔心阿拉比，便說：

「別擔心，他會好起來的。」

姬瑪沒作聲，只是眼裏突然流下兩行淚。小嵐又把麵條送到她嘴邊，說：

「吃點吧。」

姬瑪看樣子很感動，她小聲說：

「謝謝你。不過，我真的嚥不下。」

姬瑪望着阿拉比，眼裏湧出淚水。也許是淚水令她看不清阿立比，而她雙手被綁又沒法擦眼淚，她只好努力地睜大眼睛。

小嵐心裏一軟，她也許不是個好人，但絕對是個好姐姐。

小嵐從身上掏出紙巾，伸手輕輕地給她拭淚。

姬瑪嗚咽着說：

「謝謝，謝謝你！」

小嵐看着姬瑪那張跟阿拉比同樣俊美的臉，此刻充滿柔情，跟她之前的兇悍和無情判若兩人。她心想，人不會一生下來就是壞人的，想來這兩姐弟原先也是好孩子，只是可惜加入了恐怖組織，變得善惡不分，靈魂也被扭曲。希望經歷這些之後，他們能覺醒。

第九章

人之初，性本善

太陽出來了，海島又回復了它的平靜。

小嵐和公主們正圍在一起開會，商量下一步該怎樣做。

正在這時，聽到姬瑪大聲喊起來：

「啊，快看，我弟弟醒了！他醒了！」

公主們一聽，都站起來想跑到阿拉比身邊看看。小嵐說：

「你們別過去。我跟他慢慢溝通。他剛醒，不能受太大刺激。」

小嵐走到阿拉比身邊，蹲下去察看。但見到阿拉比仍然緊閉雙眼，一點動靜也沒有。

但姬瑪仍固執地喊着：

「真的，他剛才動過。信我！」

小嵐看了她一眼：

「你冷靜點。我信你。」

小嵐細細觀察着阿拉比，突然，發現他的眼皮動了動。

一會兒，阿拉比睜開了眼睛。他靜靜地看着藍天，從他清澈的瞳孔上，可以看到天空幾朵白色的雲。那是一雙清純的、美麗的眼睛，甚至還帶着一絲溫柔。

　　人們常説「人之初，性本善」，也許，這就是阿拉比起死回生之後，本性的回歸。

　　但只是一刹那的事，彷彿魔鬼又向阿拉比召喚，他眼神瞬間又變得兇狠。他猛地一翻身就想站起來。

　　可是，他馬上又倒下去了。頭上的重創令他身體很虛弱，他軟軟地癱在地上，半閉着眼睛。

　　小嵐冷眼看着阿拉比。她想起了早前看電視節目《動物天地》時，見到的那隻因傷人被打了麻醉針的老虎，可憐巴巴的，昔日吃人的威風不再。

　　小嵐垂着眼睛看着阿拉比，心裏既可憐他，又憎恨他。

　　「弟弟，弟弟，你別這樣，你會傷到自己的。小嵐公主是好人，是她把你救活的。」姬瑪喊着，她又求小嵐，「公主殿下，求求你放了我，讓我去照顧弟弟。」

　　小嵐有點猶豫。

　　讓姬瑪去安撫阿拉比，這是令他安靜的好辦法。但是姬瑪畢竟是個危險人物，萬一她……

　　姬瑪明白小嵐的憂慮，她説：「你放心吧！要是

我再加害我弟弟的救命恩人，那我就豬狗不如了。求你，就讓我去照顧弟弟吧！」

小嵐向來心軟，也就答應了。

繩索一解開，姬瑪就一下撲到阿拉比身邊，跪在他身旁。她拉起阿拉比的手，另一隻手輕輕撫摸着阿拉比的頭，嘴裏不斷地喚着：

「弟弟，我是姐姐，我是姐姐。」

一滴大大的淚水，噗一聲掉在阿拉比的臉上。

阿拉比的眼睛緩緩睜開了。看見姬瑪，他的眸子一下亮了，但隨即露出了一絲訝異：

「姐姐，你⋯⋯哭了？為什麼⋯⋯哭？在埋葬爸爸媽媽那天我見你哭過，以後就再也沒見你掉過眼淚了。」

姬瑪用手擦去淚水，說：

「我⋯⋯我以為你會死。如果你真的死了，我怎麼向父母交代，我死了也無臉見他們⋯⋯」

阿拉比努力地露出了一點笑容，說：

「我不會死的，我要保護姐姐。姐姐，告訴我，發生了什麼事？」

姬瑪把阿拉比被樹枝砸至昏迷，小嵐怎樣冒着危險採來草藥把他救活，一一說了出來。

阿拉比看了小嵐一眼，眼神雖然沒了之前的兇惡，但也沒有絲毫對救命恩人的感激。

小嵐想，像他這種人，說不定會覺得被一個人質、一個女孩子所救是一種奇恥大辱。

倒是姬瑪越說越激動，她突然撲通一聲跪在小嵐面前，哭着說：

「小嵐公主，謝謝你救了我和弟弟！」

小嵐急忙扶起姬瑪，說：

「哎哎哎，你別這樣，別這樣！」

姬瑪流着眼淚，說：

「小嵐公主，您不知道。我家九代單傳，到了我父母也只有弟弟一個兒子。爸爸媽媽臨去世前，把弟弟託付給我，讓我好好保護弟弟。要是這次弟弟有什麼三長兩短，我也會跟着他去死的⋯⋯小嵐公主，今後你需要我做什麼，儘管吩咐，我一定赴湯蹈火，在所不辭！」

小嵐說：

「我只要求你做回一個好人。」

姬瑪搖頭歎息：

「我現在好糊塗。以我以前受的教育，我只知道阿達是好人，阿達的敵人通通都是壞人。但現在親眼見到您的善良和仁慈，您對傷害您的人都能捨命相救，我現在已經覺得自己不懂判斷好壞了。」

「不要緊，以後我會教你明辨事非的。」小嵐說。

姬瑪真誠地看着小嵐説：

「謝謝小嵐公主。反正以後我什麼都聽您的。」

阿拉比冷冷地看着，聽着，面無表情。

夜幕中，篝火旁，小嵐在替阿拉比換藥。

看來草藥真的很有效，阿拉比明顯恢復得很好，他已經可以坐起來了。只是他似乎不太習慣小嵐的照顧，臉上神情有點僵硬。

小嵐開始用布條替阿拉比包紮好傷口，一直沒説話的阿拉比突然冒出了一句：

「我是綁架你的人，你為什麼還要救我？」

小嵐看了他一眼：

「見死不救和濫殺無辜一樣，都是一種不正常的行為，我絕對不會任由自己眼看着一個鮮活的生命在自己面前死去，而袖手旁觀。哪怕那個是曾經傷害過自己的人。」

阿拉比沉默了一會兒，説：

「你相不相信，我從來沒有殺過人。」

小嵐看了看阿拉比的眼睛，那眼睛裏此刻的純淨令她點點頭：

「我信。」

阿拉比又再沉默。

小嵐問：

「你和你姐姐為什麼要加入阿達組織？」

阿拉比說：

「為了六個妹妹。」

小嵐有點驚訝：

「什麼？為了妹妹而加入阿達組織？」

阿拉比神情悲哀：

「我父母早幾年去世了，留下我們八個，我姐姐是老大，我是老二，下面還有六個妹妹。我們家本來就很窮，父母死了以後，我和姐姐根本沒有能力去養活六個妹妹，只好帶着妹妹們去討飯。一天在路上碰到阿達領袖，他問我和姐姐願不願意跟隨他，如果願意，可以讓我們不再挨餓。為了妹妹不至於餓死，我們答應了。」

小嵐說：

「你知道阿達組織的宗旨是什麼嗎？」

阿拉比有點亢奮地回答：

「知道。是策劃一些事件，警告那些仗勢欺人、肆意干涉弱小國家內政的大國，讓他們付出代價。讓他們知道，弱小國家不可欺。」

小嵐非常嚴肅地說：

「阿拉比，你有沒有想過，在這些事件中付出代價的人，都不是那些大國的決策者。他們只是一些普通市民，他們都熱愛和平，反對戰爭。」

阿拉比沉默了。

小嵐繼續説：

「你愛你的父母，你為他們的去世而傷心；你愛你的姐妹，你為了他們活下去什麼都願意做。可是，你知不知道，在這些恐怖事件中，多少人失去了父母，失去了兄弟姐妹，失去了兒女，多少個家庭破碎，多少人痛苦欲絕……如果你想到這些，如果你知道了這些，你還會認為你們的所作所為是正義的嗎？」

阿拉比無言以對。

小嵐看了阿拉比一眼，知道他被打動了，便趁熱打鐵：

「阿拉比，趁着你的雙手還沒有沾上鮮血，離開阿達組織吧！好好地與你的姐姐和妹妹過日子。」

阿拉比神色黯然，他無奈地説：

「沒可能了，我已經身不由己。因為一旦加入阿達組織，我們的親人就馬上成為人質，要是對阿達不忠，我們的親人就會沒命。我不能讓六個妹妹陷入危險。」

「太狠毒了！」小嵐很憤怒。

向來知道阿達戰士全都死心塌地效忠阿達，從不會背叛，沒想到原來有這樣的背後原因。

小嵐誠懇地對阿拉比説：

「只要你願意改邪歸正，我會幫你救出妹妹的。

相信我。」

　　阿拉比看着小嵐，點點頭：

　　「好，我信你。」

　　小嵐笑了，她說：

　　「好，那我們從現在起就是朋友了。等會，我們就一起來商量一下，下一步應該怎樣做。」

　　「下一步……」阿拉比好像突然想起了什麼，「小嵐公主，我擔心組織的人已經進行下一個行動計劃了。」

　　小嵐忙問：

　　「告訴我，是什麼計劃？」

　　阿拉比皺着眉，努力回憶着。腦袋受傷，顯然使他的記憶受到了影響。

　　「我記得，副領袖阿查把營救隊伍分成了三個小組，第一個小組就是我和姐姐，我們負責劫持五國公主，迫使五國交出阿達。如果我們這一組的計劃成功，其他兩組就收隊。但如果失敗，第二行動組就會開始進行 B 計劃。」

　　小嵐一聽緊張地問：

　　「B 計劃是什麼？什麼時候實行，計劃內容是什麼？」

　　阿拉比眉頭皺得更緊：

　　「B 計劃是……唉，我腦袋亂得很，什麼都想不

起來了！」

　　小嵐急了，因為很可能是一個傷亡更大的恐怖事件。

　　她急忙説：

　　「你腦袋受傷想不起來，我去問姬瑪好了。」

　　阿拉比説：

　　「沒用的，姬瑪並不知道這些。我是這一組的組長，而計劃內容只有組長才知道。」

　　小嵐沒法，只好對阿拉比説：

　　「那你再慢慢回憶。別着急，越着急越想不起來。」

　　阿拉比努力拼湊着腦海裏零零碎碎的記憶：

　　「A計劃失敗，第二行動組就開始實施B計劃。B計劃實施的時間，是……是……啊，想起來了，是A計劃失敗的第二天！對，是的，是第二天！」

　　小嵐大吃一驚：

　　「第二天？不就是明天嗎？那計劃的內容是什麼？」

　　阿拉比又皺眉頭：

　　「B計劃的內容……」

　　他臉上表情有點痛苦，大概是感到不舒服。小嵐見了有點內疚，她知道阿拉比腦部受了傷，本來是暫時不可以過度使用腦子的。只是現在關係到恐怖分子

的一個陰謀，不能不讓他努力回憶。

阿拉比閉上了眼睛，嘴裏喃喃着：

「Ｂ計劃會在Ａ計劃失敗後進行……阿查説過，Ａ計劃如果失敗，沒能救回阿達，原因一定在賈虛國……五國不可能不顧及他們公主的性命，但如果賈虛國從中作梗，就會令事情變複雜，所以……」

阿拉比一下子張開眼睛，喊了起來：

「賈虛國，是賈虛國，Ｂ計劃是對賈虛國進行報復和威脅！他們已在賈虛國首都維塔市某個地方安放了炸彈，一旦Ａ計劃失敗，就會用遙控器引爆這炸彈……放炸彈的地方是……一幢大廈……」

小嵐不禁打了個寒顫。之前阿達組織在英之國一個劇院內發動炸彈襲擊，造成重大傷亡。如今他們選一幢大廈作為目標，維塔市的大廈動輒四五十層，很多還高達一百多層，如果爆炸，樓毀人亡，那會造成多大的傷亡啊！

她知道阿拉比已經盡力了，但是，僅僅知道恐怖分子要在維塔市的某一所大廈發動炸彈襲擊，資料是不足夠的。要知道，維塔市是賈虛國裏的一個大城市，高樓大廈何止千千萬萬？而現在只有一天時間！

怎麼辦？小嵐又想起了萬卡。對，趕快通知萬卡。萬卡會有辦法的。

小嵐急忙問阿拉比：

「通訊設備還能用嗎？」

阿拉比看了看斷成兩截的器材，說：

「我看不能了。」

小嵐急忙問：

「那還有其他辦法嗎？沒辦法通訊聯絡，又沒有交通工具，那我們就無法通知賈虛國小心恐怖襲擊，公主們也無法離開這裏。」

「應該有辦法出去的。」阿拉比又皺起了眉頭，努力地想着。他突然眉頭一展，「啊，我想起來了，在這個小島的後海灣藏了一艘可以坐兩個人的快艇，是準備萬一發生特殊變故，我和姐姐離開這裏用的。」

小嵐一聽有隻快艇，十分歡喜：

「那太好了，我會開船。等會我就駕快艇到離這最近的國家請求協助。儘快通知賈虛國。」

「其實離我們最近的地方就是賈虛國首都維塔，走水路一般八小時可到。」阿拉比說，「不過我知道有一條近路，只需六個小時便可到達。我跟你一塊去。」

小嵐看了看阿拉比蒼白的臉色，心想：他跟自己去當然好。自己不熟悉路徑，說不定十個小時都去不到目的地。而且阿拉比的記憶會逐步恢復，一路上他還會不斷想起一些有助找出目標大廈的線索。但是他

的身體吃得消嗎？

阿拉比像知道小嵐在想什麼，他說：

「放心吧，我可以的。為了救人，為了減輕我的罪過，我可以堅持的。何況還有你一起去呢！」

他又補充了一句：

「況且，這快艇你駕馭不了的。這是一艘最新科技製造的快艇，所以才能抵擋風浪，在大海上航行。」

小嵐點點頭，說：

「好吧，謝謝你幫忙。」

阿拉比臉紅了，他說：

「我以往替阿達做了很多事，雖沒直接殺人，但也可能有人間接因我而死。所以，不敢領謝，只要能減輕罪孽，我也願意。」

「放下屠刀，立地成佛，歡迎你做回好人。讓我們一同去阻止罪案，撲滅罪案，我們一定能排除萬難，解除危機。來，我們預祝成功。」小嵐伸出手，與阿拉比一擊掌。

小嵐想想又說：

「你跟阿達組織的人一直不聯繫，他們會懷疑嗎？他們會對你的妹妹們不利嗎？」

阿拉比回答說：

「這裏發生風暴的事，組織應會知道的，他們會

認為是器材故障所以聯繫不上。三五天之內，他們不會懷疑有什麼問題。」

小嵐放了心：

「好。我們把消息送到賈虛國以後，就馬上想辦法拯救你的妹妹們，確保她們的安全。」

第十章

非典型公主

　　小嵐和阿拉比是深夜時分離開小島的，他們在女孩們的殷殷叮囑下登上了快艇。

　　小嵐在阿拉比的指點下，把快艇開動了。快艇乘風破浪，飛馳而行。

　　身後傳來女孩們的叫聲：

　　「小嵐，路上小心！」

　　「弟弟，你保重身體！」

　　「小嵐，趕快找人來救我們啊！」

　　「阿拉比，你要保護好小嵐，要不我跟你沒完！」

　　「再見……」

　　此刻，阿拉比半躺在駕駛台旁邊的一張椅子上，目不轉睛地看着小嵐開船。經過他的指點，小嵐已經可以自如地駕駛這先進技術製造的快艇了。

　　阿拉比的臉上滿是驚訝和佩服。出生在一個貧苦的家庭，沒有錢，沒有勢，這讓他自然形成了「仇富」、「仇權貴」的心態。他尤其看不起那些「官二代」、「富二代」，覺得他們都是一些衣來伸手飯來

張口、仗勢欺人的壞人。

　　沒想到，眼前這位金枝玉葉的大國公主，竟會如此出類拔萃，她的善良、她的親切、她的勇敢、她的智慧，都令他感到無比驚訝。

　　而且，她長得真美！在淡淡的月色下，更顯出一種沒有瑕疵的、超凡脫俗的美。

　　大男孩的心突然「怦怦怦」地跳得很厲害。

　　小嵐突然回頭，見阿拉比看着她發愣，不禁笑道：

　　「嗨，你盯我那樣緊幹什麼？怕我擺弄不好這快艇？」

　　阿拉比臉紅了：

　　「沒、沒有……」

　　小嵐注視着前方水路，說：

　　「別擔心，我不會把快艇弄翻的。」

　　阿拉比笑了起來：

　　「不擔心不擔心。我一直以為，公主都是一些既傲氣凌人卻又什麼都不會幹的嬌小姐，真沒想到還有像你這樣了不起的！」

　　小嵐笑嘻嘻地說：「我是非典型公主嘛！」

　　小嵐回頭看了看阿拉比，她發現阿拉比在笑。噢，她還是第一次見到阿拉比笑呢！噢，這男孩笑起來多好看，真是名副其實的陽光男孩。她感到欣慰，

她打從心底裏希望他從此以後過回正常的生活，可以天天這樣笑。這男孩也太苦了。

快艇在清晨時分到了維塔市海岸，阿拉比帶着小嵐，從小路偷偷潛入了境內。阿拉比是早已上了黑名單的人，所以無法循正常手續進入別國。

天還沒亮，小嵐看了手錶，説：

「我們趕快找個能打電話的地方。」

阿拉比把戴着的鴨舌帽壓得低低的，也許時間還早，路上靜悄悄的，沒有幾個行人。走着走着，見到前面有家便利店，兩人便走了進去。

店裏面只有一個中年男店員，他一見到有人進來，便睜大眼睛上下打量着。也許這些二十四小時服務的便利店常常遭人打劫，所以店員見到有人進去都會提高警惕。

小嵐走到店員面前，説：

「叔叔，能借個電話打嗎？」

店員指了指裏面一堵牆，那牆上掛着一部電話。

「謝謝！」小嵐趕緊走了過去。

一看，是投幣電話。小嵐摸摸口袋，糟了，一點錢都沒有。她問阿拉比，阿拉比也搖頭。出來時，兩人都忘了要帶錢這回事。

小嵐走回店員那裏，説：

「叔叔，能給我打電話的錢嗎？我們有急事要打

電話，但是忘了帶錢。」

店員看了看小嵐，從口袋裏掏出一個硬幣。

小嵐高興地說了聲「謝謝」，接過硬幣就跑回投幣電話那裏。

小嵐本來準備打給萬卡的，但一看，那硬幣原來是最小面值的，只夠打一次市內電話。她只好先撥了買虛國國家安全署的電話。

「喂，您好，國家安全署。」電話裏傳來女接線生的聲音。

小嵐急切地說：

「我有要事要找你們負責人。」

女接線生說：「請等等。」

音樂聲響起，一會兒換了一把尖尖的、高八度的、有點刺耳的女聲：

「我是值班官員。你是誰？有什麼事？」

小嵐說：「我是烏沙努爾公主馬小嵐。」

那人說：「你是公主？那我還是國王呢！開什麼亂七八糟的玩笑！」

小嵐說：「我不是跟你開玩笑，我是向你們提供一個消息，恐怖分子將在維塔市發動炸彈襲擊。」

那人說：「啊，炸彈襲擊案？你真無聊！天沒亮把我吵醒，聽你胡說八道。知不知道報假案是要負刑事責任的？我要掛了！」

小嵐急了：「別掛別掛，這位女士，你耐心點聽我講好不好。我……」

　　那人的聲音馬上變得很兇：

　　「什麼女士？我是先生，我是如假包換的先生！」

　　「啊，你是先生。噢，對不起，對不起。」小嵐嚇了一跳，這樣尖利的嗓子竟然出自一個男人。她很努力才把笑聲憋回肚子裏。

　　那人似乎十分生氣，又劈里啪啦罵了幾句，把電話掛了。

　　「喂，喂！」小嵐叫了兩聲，沒有回應，只聽到嗡嗡的電流聲。

　　小嵐惱火地掛上了電話。沒辦法，只好再去找店員：

　　「叔叔，能再給我一個硬幣嗎？最好夠打一個長途的。」

　　店員搖頭，小嵐又再懇求說：

　　「我真的有很急的事，請幫幫忙。」

　　店員還是搖頭。小嵐正想說什麼，眼睛餘光瞥見阿拉比一隻手伸進褲袋裏想掏什麼。這傢伙，想掏槍呢！

　　小嵐怕他惹禍，忙拉着他走出便利店。

　　阿拉比不情不願地跟着小嵐走：

「你拉我幹什麼！要是看見槍，那小氣鬼還不乖乖給錢。這麼吝嗇，氣死我了。」

小嵐瞪了阿拉比一眼：

「笨蛋！生氣也不能拿槍去嚇唬人家呀！而且你一掏槍就把事情鬧大了，可能不到幾分鐘，警車就嗚嗚地追來。」

阿拉比有點不好意思：

「對不起。」

小嵐歎了口氣，說：

「別說對不起，其實我也想一拳把那傢伙揍扁！一個硬幣就可以幫人，卻不肯幫，真氣人！現在怎麼辦才好呢？」

她說着說着，一轉身不見了阿拉比，以為他又跑進店裏嚇唬那店員了。一看卻發現阿拉比跑到馬路邊上，眼睛緊緊地盯着遠處什麼地方。

小嵐順着他的視線看去——那是一座聳入雲端的大樓。

「啊！」阿拉比大喊一聲，把小嵐嚇了一大跳。

只見他語無倫次地說：

「就是它，就是它！我從阿查的地圖上看到過的。那不就是金美大廈嗎？就是金美大廈，就是！」

小嵐可是個很聰明的女孩哦，她馬上想到了什麼，急忙問：

「你是不是想説，即將發生的炸彈襲擊，就是在金美大廈？」

阿拉比猛點頭：

「對！對！」

小嵐高興地大叫起來：

「阿拉比，你真厲害！你終於想起來了。」

有了具體地點，事情就好辦多了。據目測，那大廈距離這裏不遠，小嵐便説：

「阿拉比，我們直接去金美大廈，看看情況再決定下一步怎麼做。

阿拉比點點頭説：

「行，沒問題。」

小嵐拉着阿拉比的手説：

「好，那我們走！」

兩個人直奔金美大廈而去。

第十一章

恐怖襲擊即將發生

俗語說：「望山跑死馬」，看上去距離不遠的金美大廈，結果走了一個多小時，到了金美大廈時，時間已是上午七點半了。

金美大廈樓高六十多層，頂部被晨霧籠罩着。大廈的外表金碧輝煌、美輪美奐的，跟「金美」這個名字真是很配。

對這金美大廈，小嵐也有所聞，她知道賈虛國所有重要的金融機構都設在裏面，如果一旦出了什麼問題，可以讓全國的金融系統陷入癱瘓，令賈虛國的經濟遭受重大損失。

阿達組織選它為恐襲目標，就是要給賈虛國造成重創，先報復後威脅放人。

小嵐想，六十多層的大廈，該可以容納多少人啊！一旦發生爆炸，一定傷亡慘重，所以絕不能讓事件發生！

雖然這個國家的政府一向欺凌小國，令人憎惡，但這個國家的人民是無辜的，不可以讓他們受到

傷害！

小嵐拉着阿拉比快步向金美大廈走去。

大門口站着一名護衞員，小嵐對他説：

「先生，我要找你們的長官。」

護衞員胖胖的，長了一副娃娃臉，看樣子頂多十七、八歲，他問小嵐：

「小姐，請問你有什麼事找我們長官？」

小嵐嚴肅地説：

「很重要的事，關係到大廈的安全問題。」

護衞員嚇了一跳：

「安全問題？好的，我們查查理隊長在樓上睡覺，我馬上打電話給他。」

護衞員拿出對講機，喊道：

「隊長，隊長，我是大門護衞員。」

「你找死啊！」對講機裏傳來一聲咒罵，「你不知道我半夜四點才睡嗎，大清早就把我吵醒，明天就炒了你！」

護衞員嚇得説話也結巴起來：

「別、別……有個小、小姑娘要找你，説有重、重要事情，關、關係到大廈安全問題。」

「什麼小姑娘？小姑娘的話你也信，笨蛋！這大廈能有安全問題嗎？從前天起，我就檢查了一遍又一遍。在我的領導下，會有安全問題嗎？你的腦子給狗

叼走了嗎？！笨蛋！」

「對、對不起，對、對不起……」護衞員嚇得説不出話來。

小嵐氣壞了，她最憎恨這種狂妄自大、欺負人的傢伙！她一把奪過護衞員的對講機，大聲喊道：

「喂，樓上的那個什麼什麼隊長，趕快閉上你的嘴，再邁開你的腳來到大門口，否則，一切後果由你自負！」

「啊，你是什麼人，敢對我不敬！」查查理隊長咆哮着。

小嵐一點不客氣：

「想知道我是什麼人，到大門口便知！」

「好啊，來就來，你別逃啊，讓我來看看是哪來的臭丫頭！」

不一會兒，大堂電梯門一開，走出一個男人。他手拿着一根電棒，氣勢洶洶地跑到大門口：

「誰，是誰！誰這麼膽大包天！」

「是我！」小嵐迎了上去，她昂首挺胸，目光炯炯地瞪着那人。

「你……」查查理剛要説什麼，但馬上被小嵐的氣勢嚇住了。

小嵐不客氣地説：

「廢話少説。聽着，這裏已經被恐怖分子放置了

炸彈，爆炸時間就在今天，具體時間不清楚。所以，你趕快報告國家安全署，馬上疏散大廈內人員，禁止有人再進入，並派最精銳的技術人員前來，進行搜尋炸彈和之後的拆彈工作。」

查查理一聽嚇了一跳，他上下打量了小嵐一番，見她一臉嚴肅，不像開玩笑的樣子，便說：

「這裏說話不方便，請跟我來。」

查查理帶着小嵐和阿拉比上了第二十二層的保安隊辦公室。

「請坐！」查查理等小嵐兩人坐下後，便問道，「小姐，請問你有關消息的來源，因為這可不是小事。如果是虛報，是要負刑事責任的。」

小嵐雙目直視查查理，說：

「消息來源絕對可靠。你只管向國安署匯報。」

查查理看看小嵐，又看看阿拉比。又問：

「請問你們的身分是⋯⋯」

小嵐想，不能表露身分。因為這樣一來，以現代發達的資訊，很快這消息就會傳了出去，恐怖組織的人馬上會知道阿拉比背叛了他們，並正在破壞他們的恐襲計劃，那阿拉比的六個妹妹就很危險。於是小嵐對查查理說：

「你不用管我們是誰。趕快通知國安署吧！時間不等人，如果耽誤了，可能你我都有危險。」

查查理略一猶豫，心想如果報錯案，自有這報案的人負責，但如果自己不報案，將來出了事，自己即使不炸死也要背上個大黑鍋。想到這裏，他說：

　　「好吧，你們先在這裏等等，我去打電話。」

　　查查理走出辦公室，進了隔壁一個房間。

　　小嵐鬆了一口氣，終於把消息帶到了，接下來就看國安署的本事了。

　　辦公桌有一個電話，小嵐想，碰碰運氣，看看能否打長途。

　　她拿起話筒撥了萬卡的手機。啊，竟然通了，謝天謝地。小嵐大喜。

　　「我是萬卡，請問哪位？」電話傳來萬卡的聲音。

　　「萬卡哥哥，是我，是我呀！」不知怎的，小嵐的聲音有點哽咽。

　　電話那頭傳來一聲大喊：

　　「啊，小嵐，小嵐，是你嗎？」

　　小嵐說：「是我，是我！」

　　萬卡說：「小嵐，你在哪裏？你好嗎？你現在安全嗎？」

　　小嵐說：「萬卡哥哥，我現在安全，其他公主也安全，你放心。」

　　可以聽到萬卡在電話那頭長長地舒了一口氣，他

開心地說：

「太好了，太好了！真是謝天謝地！其實在恐怖分子提出換人要求之前，賈虛國已強行把阿達帶走了。之後，我們一直在嘗試用各種辦法救你們……」

小嵐說：「放心，所有人都沒事。你趕快派人秘密往日月島，把茜茜她們五個女孩救走，轉移到安全地方，但先別讓她們家人和外界知道，因為這牽涉阿拉比親人的生命安全。別難為姬瑪，想辦法去……」

突然「咯噔」一下，電話斷了，小嵐剛想再撥，見到查查理從隔壁房間探出頭，鬼鬼祟祟地在窺探。

得提防這傢伙！小嵐放下了電話。

這時，小胖護衛員過來了，他臉上笑嘻嘻的，顯得很友好。他對小嵐和阿拉比說：

「隊長說，讓我帶你們去會客室等他。他很快就來。」

小胖帶着小嵐和阿拉比上了電梯，小胖對小嵐說：

「我覺得你們很了不起。」

小嵐說：「啊，怎麼啦？」

小胖說：「如果換了我，知道這裏放了炸彈，早就跑得遠遠的。你們還特地跑來通風報信。」

小嵐笑着說：

「你現在不也沒跑嗎？」

「我今天當值，職責在身，沒辦法。」他又說，「我還沒謝謝你呢！你剛才替我教訓了查查理隊長。他平日可兇了，動不動就罵人，還沒有人敢像你那樣教訓他呢！嘻嘻，真解恨！」

小嵐說：「對惡人，你越怕他，他越欺負你。以後，得學會保護自己。」

「嗯！」小胖使勁點點頭，很認真地說，「我以後一定要像你那樣，不怕惡人，不向惡勢力低頭！我也要像你那樣勇敢，做拯救人類的正義超人。」

「對，這才像個男子漢！」小嵐又問，「你好像跟我差不多年紀，怎麼就出來工作了？」

小胖說：「我報讀了一間國外的大學，還有半年才開學。爸爸讓我出來工作半年，要我鍛煉鍛煉。爸媽都擔任了比較重要的工作，平時很忙，我自小跟着爺爺住，到高中畢業才回到爸媽身邊。爸爸老埋怨爺爺太寵我，太保護我，讓我成了溫室花朵，膽子小，沒主見。這份護衛員的工作本來是我同學找的，他因為有事來不了，我是頂他名字來的。嘻嘻，沒想到因此認識了你們！」

小嵐笑了，一拍他的肩膀，說：

「你可塑性很高啊，你一定能成為超人那樣的好漢的！」

小胖很高興：

「真的！噢，我會努力的，謝謝你的鼓勵！」

小胖看看一直沒說話的阿拉比：

「你好。你真幸運，有這麼好的一個女朋友，又漂亮，又勇敢。」

「我……」阿拉比不知怎的臉紅了。

小嵐哈哈大笑說：

「小朋友，別亂說話。我只是他的好朋友，不是女朋友。」

小胖說：「有你做朋友也很好啊，我能跟你做朋友嗎？」

小嵐說：「當然能！」

小嵐說着，朝小胖伸出手說：

「來，握握手，朋友。我叫小嵐。」

小胖高興得眼睛瞇成一條線，他趕緊伸出手，跟小嵐握着，晃呀晃的：

「我叫頓頓。」

電梯很快到了二十四樓，小胖把小嵐和阿拉比帶進了一個小小的會客室。

小胖說：「你們先在這裏休息一會兒。我在門外待着。」

小嵐說：「就在這裏坐吧，門外站着多累！我們還可以聊聊天呢！」

小胖說：「不行。這會客室不讓我們保安員坐

的，等會隊長看見了，又有藉口要開除我了。」說完就走出了會客室。

趁此空檔，小嵐給阿拉比換了一次藥。

「噢，挺好的，傷口沒發炎。但你盡量避免劇烈動作，提防傷口撕裂。」小嵐又說，「你在沙發上躺一會兒吧，傷得這麼重，又趕了這麼遠的路，真辛苦你了。」

阿拉比微笑着說：

「沒什麼。如果能因此減輕罪過，我再辛苦也值得。」

小嵐很真誠地說：

「你救了金美大廈很多人，不管你以前做過什麼，都足以抵消了。」

阿拉比開心地笑了。他靠在沙發上，閉目休息。

小嵐看着他有如雕塑一樣輪廓分明的臉，心想，多帥的男孩啊，希望他今後有一個美滿的人生。

小嵐看了看手錶，已經八點多了，怎麼查查理還不來。小嵐有點着急，她走到窗邊，窗子是密封的，但透過玻璃可以看見樓下情況。

大廈外面的小廣場聚了好多人，他們大多都西裝革履的，但也有一些是穿校服的學生。穿西裝的應是一些在金美大廈工作的白領，但穿校服的呢？這就有點奇怪，這裏總不會有間學校吧？

看來查查理還是有做事的，他阻止了人們進入大廈。

　　小嵐看到駛來一輛大車，車上下來一班人，接着又從車上搬下許多儀器，小嵐看到，正是探測炸彈的儀器。

　　小嵐放心了，相信很快會有結果的。

第十二章

超人姐姐

門外突然傳來一陣爭執聲。咦，是頓頓和查查理的聲音。

頓頓說：「隊長，你為什麼把門鎖上關着他們，他們做錯了什麼？」

「很錯很錯，錯得好離譜！」查查理怒氣沖沖的，「裏面這兩個是滋事分子，他們謊報有炸彈，讓我們白忙了一場！他們分明受什麼人指使，來破壞今天的高材小學畢業典禮的。幸好現在還不到八點半，還來得及讓參加的人進場。要是誤了畢業典禮的時間，我會吃不了兜着走，連飯碗也會丟掉。」

頓頓說：「啊，滋事分子？他們不像啊，也許有什麼誤會。」

查查理大聲罵道：

「真蠢！滋事分子有樣子看的嗎？都是你不好，之前他們來到大門口你就應該打發他們走，就是你蠢得要相信他們，要喊我下來。都是你！要是我被炒魷魚，我就讓你墊背！」

小嵐忍不住了，大喊道：

「查查理，你住嘴！我問你，真沒找到炸彈嗎？」

查查理惱怒地説：

「別説炸彈，連隻蒼蠅都沒找到。你們耍得我好慘，我不會放過你們的。」

查查理越説越大聲：

「該死的害人精、恐怖分子、臭小子、臭丫頭……」

阿拉比忍不住了，他氣得額頭青筋都露出來了：

「閉起你那張破嘴！我們冒着危險來通知你們，你們還不知好歹，我看你們就該被炸得粉身碎骨！」

小嵐心裏何嘗不生氣，但一想到這件事關係到無數人的生命，便耐着性子説：

「查查理，我們的消息來源是千真萬確的，你讓國安署再檢查一遍。還有，千萬不可以放人進大廈……」

查查理説：

「是奧朗總統親自下令解除禁令的。你知道今天金美大廈有什麼活動嗎？由奧朗總統擔任主禮嘉賓的高材小學畢業典禮。高材小學，響噹噹的學校，學生家長都是政府高官及議員啊！奧朗總統能不能在後天的選舉中連任，這些家長的支持舉足輕重，你説，總

統會放棄這個活動嗎？我看你們一定是貝伯陣營的，是來搞破壞的！」

我的天！小嵐心裏暗暗吃驚，總統今天會在金美大廈出現！原來阿達組織不光是要破壞賈虛國的金融系統呢，他們是想要了奧朗總統的命！

可怕的是，恐怖分子為了達到目的，不惜連累千千萬萬無辜市民。

小嵐看了阿拉比一眼，見到阿拉比也正在看她。小嵐發現，他神情緊張。

阿拉比說：

「小嵐，我記起來了，爆炸地點是十九樓的禮堂，一個能容納幾千人的大會堂。」

天哪，幾千人！還不算在其他樓層的人。小嵐感到不寒而慄。

曾聽萬卡說過，現任總統奧朗跟另一總統候選人貝伯的支持度不相上下，奧朗為了擊敗對手，四處拉票，選戰已進入白熱化階段。所以，正如查查理所說，他不會放過這巴結權貴們的大好機會的。為了連任他不惜一切，包括許多小學生的生命，市民的生命……

不行，不能讓悲劇發生！

小嵐叫着：

「查查理，你馬上讓國安署的官員來見我……」

門外傳來頓頓的聲音：

「小嵐，別喊了，隊長走了。」

小嵐急了：

「你馬上用對講機叫他回來。」

頓頓歎了口氣說：

「他嫌我不聽話，把我的手機和對講機都拿走了，還把這一層的全部保險門都關了，你無法上樓或下樓……」

天哪，這個笨蛋！他這樣做的結果，會令包括他自己在內的無數人丟掉性命的。

這時，阿拉比又想起了什麼，他用焦慮的目光看着小嵐：「我什麼都記起來了。今天的炸彈在大會開始後的一刻鐘引爆，即九時十五分。炸彈就藏在講台下。那是一個名叫『無形』的新型炸彈，是阿達組織炸彈專家的最新發明，它體積很小，但威力足以令整座大廈倒塌，而且很難用儀器探測到……」

九點十五分？

小嵐看看錶，剛好八點五十五分，只剩下二十分鐘了。

小嵐焦急地跑到窗前，見到原先聚在小廣場的人們已開始魚貫進入金美大廈，他們說說笑笑的，根本不知道自己正走進一個極端危險的地方。

又見到小學生的隊伍過來了，他們應該是參加畢

業典禮的高材小學的學生。這羣天真活潑的孩子正興高采烈地走入大廈，完全沒想到一場災難正等着他們。

小嵐心裏如小鹿亂撞，天啦，得趕快想辦法，我要救這些小朋友！

她對阿拉比説：

「我們先出了這會議室再説。」

阿拉比説：

「好！我來砸門。」

室內只有幾張笨重的布藝沙發和一張玻璃茶几，都不是砸門的工具。小嵐急得大喊：

「頓頓，拯救人類的時刻到了，幫幫我！」

頓頓興奮地問：

「是！請問我可以怎樣做？」

小嵐説：「我看這會議室的門不厚，你想辦法把門砸開，讓我們出去。」

頓頓説：「遵命！」

頓頓很快找來工具，砰砰砰地砸起門來。砸了十幾下之後，砰！穿了一個小洞。阿拉比走上去，使勁用腳去踢。一下，兩下，三下，門洞越來越大。

小嵐看看可以了，便從門洞鑽了出去，阿拉比也跟着出去了。

小嵐一看手錶，九點了。

頓頓見了小嵐，第一句就問：

「小嵐，真的有炸彈嗎？」

小嵐說：

「是的，就在十九樓會場內，九點十五分爆炸。我們儘快想辦法去十九樓，拆掉炸彈，否則整幢樓都會倒塌。」

頓頓聽了臉色發白：

「我的媽呀，這牽涉到多少人命啊，光是高材小學就有幾千人呢！」

小嵐問頓頓：

「這裏幾樓？」

頓頓說：「二十四樓。」

小嵐又問：「這層樓的出口在哪裏？」

頓頓說：「這一層是專間租給一些客人做商品陳列室的。由於租用客戶一般是些珠寶手錶或貴重電器的商人，所以這一層設有特別的保安設施，後樓梯和電梯都有堅固的保險門。剛才隊長臨走時，把保險門都鎖死了，所以，我們是無法離開這一層的。」

阿拉比沿着走廊走了一圈，回來說：

「看來，這一層就像銅牆鐵壁，唯一能打開的，我看只有玻璃窗了。」

小嵐說：「那我們可以從窗口爬出去，爬到下面二十三樓，然後再走下樓去。」

頓頓説：「不可以不可以。因為今天奧朗總統要來這裏參加活動，所以十九樓的上四層和下四層都封鎖了，由警察把守着。你在二十三樓一出現，恐怕就會被他們抓住。」

小嵐説：「按你這麼説，我們只能從這裏直接往下爬到十九樓。不過，這樣做太危險了。」

「我去吧，我學過徒手攀爬高樓。」阿拉比説完，又問頓頓，「十九樓禮堂的窗口朝哪邊開的？」

頓頓想了想，説：

「南面。我記得朝南有一排窗戶。」

小嵐擔心地看着阿拉比，但因為沒其他方法可想了，只好跟着他走到南面窗口。

窗口是密封的，阿拉比猛搖了幾下，窗框紋絲不動。他又拿來一張椅子，朝窗玻璃砸去，沒想到玻璃堅硬得像鋼一樣，連裂紋都沒有一條。

頓頓一直在不停地看手錶，這時他着急地説：

「糟了糟了，九點零二分了。」

阿拉比想了想，從衣袋裏掏出一把多用小刀，拉出其中一根小鐵條。他把小鐵條往玻璃的四邊用力割去，只聽到幾下輕微的斷裂聲，阿拉比心急眼快，伸手把中間一塊被割開的玻璃拿了下來。

「啊，真厲害！」頓頓驚歎着。

阿拉比對小嵐説：

「我下去了，要是有什麼事，替我照顧我的姐妹。」

「這、這⋯⋯」小嵐真不知道怎麼辦才好。

阿拉比頭上有傷，還要徒手往下爬四層樓，這萬一⋯⋯

但她一時也想不出什麼更好的辦法。

阿拉比已開始行動，他用手一撐，坐到了窗台上。但是，沒等他坐穩，身體就晃了晃，差點掉下去，嚇得小嵐和頓頓急忙拉住他，把他從窗台上扶了下來。

阿拉比覺得有點頭昏目眩，他閉着眼睛，一會兒才定了定神。之後，他又推開小嵐和頓頓，想再躍上窗台。

這下小嵐是堅決不答應了，以阿拉比現在的狀態去攀牆，真是危險萬分。她拉住阿拉比：

「不行，我不許你去！」

阿拉比努力想掙脫小嵐：

「九點零五分了，再不下去就晚了。」

兩人拉拉扯扯的，小嵐不小心碰了一下旁邊一扇小木門，那小木門竟伊呀一聲打開了。一看，裏面竟是一個放置消防設備的暗格。

小嵐一霎眼見了裏面那綑消防喉管。

在電影出現多次的情景瞬間在她腦海裏出現：危

急之際，人們用消防喉管做繩子，爬下樓去……

她不禁大喊一聲：

「對，就是它！」

小嵐把消防喉管拉出來，阿拉比和頓頓馬上明白了她的用意，也幫着她，一起把喉管拉到窗口下面。

阿拉比迅速把喉管一頭綁了一個套子，要把套子套到自己腰間。

頓頓攔住他，說：

「你身體不行，由我下去吧！」

阿拉比看看頓頓接近兩百斤的身體，說：

「不行，這喉管承受不了你的重量，還是我去吧！」

小嵐一把搶過那套子，說：

「我去！我身體輕，你們兩個可以很容易把我放下去。」

阿拉比猛搖頭：

「不行，我不能讓你去冒險。」

小嵐看看手錶已經九點十一分了，她斬釘截鐵地說：

「誰再跟我爭就跟他翻臉！」

她不由分說就把套子套到了自己腰上，又對阿拉比喊：

「快，把我放下去！」

阿拉比無奈，只好説了句：

「小心！到了十九層就拉拉繩子。」

阿拉比和頓頓小心地把喉管往下放。

第二十三層，第二十二層，第二十一層，第二十層，到了，到第十九層了。小嵐趕緊拉拉繩子，阿拉比和頓頓收到了信號，停止了放喉管。

小嵐一看，在她左邊一米遠有個窗子，而且窗門是敞開的。小嵐大喜，馬上往左一盪，想抓住窗門，但沒抓住。

小嵐定定神，對自己説：

「沒時間了，這回一定要抓住！」

她看準那窗子的位置，使勁一盪。

啊，抓住了！

小嵐抓住了窗門，一使勁，跳上了窗台。

她馬上看見了一個黑壓壓的坐滿了人的禮堂，禮堂前面的講台上，一個年近六十的男人在慷慨激昂地演講。那人正是現任總統奧朗。

有幾個小學生一扭頭看見了小嵐。其中一個小女孩驚訝地喊了起來：

「啊，超人姐姐！」

這一喊，把所有人的目光全引到小嵐身上了。幾個本來站在奧朗身邊的保鏢一見，馬上大喊起來：

「有刺客！」

「保護總統！」

小嵐一見不好，馬上解下喉管套，往地上一扔，然後跳進禮堂裏。她大喊一聲：

「我不是刺客！禮堂裏有炸彈，快要爆炸了，想活命，別攔我！」

兩個保鏢沒有理會她說的話，仍跑過來要抓她。

小嵐急了，先飛起一腳，踢倒一個，再飛起一腳，踢倒另一個，又向講台衝去。

奧朗臉色發白，站在講台前不會動了。小嵐把他猛一推，把他推開，然後按阿拉比說的地方一摸，果然摸到了一個扁扁的小盒子，小盒子是用膠帶黏在講台面板下面的。

小嵐用力一扯把炸彈扯了下來。

人們見到她手裏拿着的小盒子，都嚇呆了。小嵐眼睛餘光掃到牆上掛鐘已指着九點十三分。

只剩下兩分鐘了。

打開盒子，小嵐馬上嚇了一跳，天哪，怎麼情況就如電影裏的一樣。盒子裏有個顯示屏，顯示着不斷過去的時間：九點十三分五十秒，九點十三分五十一秒……

還有跟電影一模一樣的就是，裏面有兩根電線，一條藍的，一條紅的。小嵐記得電影裏的情節，知道其中一條是取消爆炸，而另一條則是立即引發爆炸。

天哪天哪，剛才怎麼忘了問阿拉比，該扯斷藍色電線，還是紅色電線！

扯斷藍色？扯斷紅色？

小嵐的手抖了，千萬條人命的安危，就在自己一念之間。

掛鐘已指着九點十四分。

沒時間再考慮了，小嵐想，就碰碰運氣，扯斷紅色吧！她拉起紅色電線剛要扯……

忽然聽到有個女孩子大叫：

「啊，超人哥哥！」

小嵐一看，是用喉管吊着的小胖子，在窗外一盪一盪的。他大叫着：

「小嵐，扯斷藍色。」

小嵐一驚，放開了那條紅色電線，拿起藍色電線用力一扯。

顯示屏上的數字，在九點十四分五十一秒上面停止了。

小嵐只覺得渾身一點力氣也沒有了。

她臉色蒼白地看着窗外吊着的頓頓，正想向他致意。突然，她看見吊着頓頓的喉管「噗」地斷了。

啊！

真是萬幸，頓頓及時抓住了一扇窗門。

第十三章

小嵐被人利用

清醒過來的攝影記者紛紛拿起相機要拍攝，小嵐趕緊奪路而走。

身後聽到奧朗總統大喊：

「攔住她！」

小嵐沒能跑掉，她在外面走廊被一眾總統保鏢攔住了。她被帶進了另外一個小禮堂，領頭的一個長着招風耳的人跟她説，總統等會兒要接見她。

小嵐見沒法跑掉，只好無奈地找了個座位坐下。她根本不想見這個奧朗總統。

突然禮堂大門一開，有四名保鏢帶着一個人走了進來。

那人竟是阿拉比。

小嵐有點着急，天哪，他不可以曝光的，這些人是怎麼找到他的呢？

小嵐站起來，迎上去拉住阿拉比的手，小聲説：

「你還好嗎？他們是怎麼找到你的？」

阿拉比臉色蒼白，説話也好像沒有力氣似的：

「我把頓頓放下去之後，力氣用盡了，躺在地上動彈不得。一會兒上來一班人，把我抓住，帶到這裏來。」

小嵐扶阿拉比坐下，把他的鴨舌帽再壓低一點，又小聲説：

「等會我們都不要説出真正身分，就按之前商量的，説我們是遊客。」

一會兒，走進一羣人來。

小嵐和阿拉比都愣住了，好大的一幫人！除了奧朗總統和五六個保鏢模樣的人，其他五、六十個全是手拿採訪器材的記者。

小嵐心裏暗暗叫苦。五、六十個記者，那表示起碼有幾十個傳媒機構來了。希望能瞞住真正身分吧，要不事情一報道，全世界都會看到。那阿拉比的妹妹們就危險了。

奧朗笑瞇瞇地朝小嵐和阿拉比走了過去。小嵐對這個以捍世界和平為幌子，實質上肆意侵害弱小國家利益的人從來沒有好感，但是為免暴露身分，她只好按捺下自己的厭惡，拉着阿拉比，不情不願地站了起來。

沒想到，奧朗説的第一句話就讓小嵐大吃一驚：

「小嵐公主，謝謝你救了我，謝謝貴國的支持！請代我向尊敬的霍雷爾·萬卡國王轉達最衷心的感

135

謝！」

啊，小嵐大吃一驚。奧朗怎麼知道自己身分的？她想起了早上打電話給萬卡時，隔壁房間的查查理鬼鬼祟祟的事。難道是查查理發現了什麼，向奧朗告了密？

這時，奧朗又握住阿拉比的手，一副親切的樣子說：

「阿拉比兄弟，謝謝你棄暗投明，幫助我粉碎了阿達組織的又一次陰謀。」

阿拉比臉上露出憎惡的表情。

奧朗走到小嵐和阿拉比中間，伸手搭在他們肩膀上，說：

「恐怖分子想殺我，想破壞我繼續為賈虛國人民謀幸福，為世界和平作貢獻，在金美大廈製造恐怖襲擊。但這些暴行是絕對嚇不倒我的。我向天下人宣布，我奧朗是一個錚錚鐵漢，我絕對不會向恐怖勢力低頭。我也向賈虛國全體國民承諾，如果我有幸繼續連任，一定要把恐怖分子全部消滅，還全國人民和所有地球人一個和平世界。」

「嘩啦啦……」一陣熱烈的掌聲。

沒想到一次未遂的恐怖襲擊，都可以被這人利用來爭取選票。這個人太狡猾了！

「支持奧朗總統！」

「支持奧朗總統連任！」

記者們一邊鼓掌，一邊吶喊着。

小嵐用充滿鄙視和厭惡的眼神看着奧朗。她已完全明白奧朗此舉的用意了。

這記者招待會的內容，絕對不能刊登。她覺得自己不能不出聲了。

她扭頭看看阿拉比，見他一臉焦慮和憤怒，便小聲說：

「你放心，我不會讓報道刊登的。」

她對奧朗說：

「總統先生，能讓我單獨跟你說幾句嗎？」

奧朗笑容滿臉：

「可以啊！」

他帶着小嵐進了旁邊一間小房間。

小嵐鄭重地對奧朗說：

「總統先生，請馬上中止這場記者招待會，並通知傳媒，剛才的新聞內容絕對不能刊登！」

奧朗臉上仍不改笑容：

「為什麼呢？新聞發布會很成功啊，你們將成為反恐英雄，賈虛國的國民都會記得你們的。」

小嵐說：

「你知不知道，這新聞一出去，會害死人的。」

奧朗好像很驚訝：

「這我就不明白了，這麼有價值的新聞，怎麼會害死人呢？」

小嵐說：

「阿拉比有六個妹妹，在阿達組織的控制之下。一旦讓阿達組織的人知道阿拉比背叛了他們，就會殺死他的妹妹，以示警告。六個無辜的小女孩，會因為這個記者招待會而陷入險境的！」

「啊！」奧朗聽了一愕，「有這樣的事？」

小嵐懇切地說：

「是的。所以，在阿拉比的妹妹們安全解救出來之前，請你無論如何不能作有關我和阿拉比的報道。另外，請你看在阿拉比救了金美大廈，立下大功，立即派人去拯救阿拉比的妹妹們。」

奧朗皺着眉頭想了想，最後點了點頭，他說：

「我答應你，我不會讓傳媒報道剛才的記者會的。救人的事，我會馬上打電話給那裏的維持和平部隊，讓他們馬上出動救人。」

能夠讓維和部隊直接去救人，這是最快捷妥當的方法。小嵐高興極了，真誠地對奧朗說了聲：「謝謝您！」

奧朗說：

「不過，我也有一個要求。在沒有救到人之前，你們要留在這裏，也暫時不要跟外面有任何聯絡。因

為外國情報人員無孔不入，你們的身分很容易暴露。這樣就如你所説，會危及阿拉比的妹妹。」

小嵐一心想快點救出阿拉比的妹妹，何況奧朗的要求也很合理，便毫不猶豫地答應了。

這裏小嵐話音剛落，就聽到外面轟隆一聲悶響，接着是一陣驚呼聲。小嵐和奧朗不知發生了什麼事，忙打開門走出去，一看，原來是阿拉比昏倒了。

兩天來的傷患和勞累，還有對親人的擔心，令他心力交瘁，他再也支撐不住了。

小嵐急忙給阿拉比把脈，還好沒什麼大問題，休息便好，小嵐這才放下心來。

奧朗説：

「阿拉比兄弟沒事，我也放心了。這裏四十一樓有個總統套房，請小嵐公主和阿拉比到那裏休息，等救人的事有了消息，我馬上通知你們。」

小嵐也想讓阿拉比好好休息一下，便同意了。

總統套房有一個很大的客廳，還有三個臥室，小嵐讓人把阿拉比扶進了其中一個臥室，讓他躺下。

當幫忙的人走了以後，阿拉比醒了。他迷惘地看着小嵐，突然想起了什麼，馬上硬撐着要起來：

「我要離開這裏，我要去救妹妹！」

小嵐忙按着他：

「遠水救不了近火，你們國家離這裏太遠了。不

過你放心好了，奧朗已經答應，不會報道今天記者招待會的內容，也不會讓傳媒透露我和你的身分，他還答應派當地的維和部隊去救你的妹妹。」

「真的？」阿拉比鬆了口氣，「沒想到這奧朗還有點人味。」

「因為你，他今天才逃過了一劫。他如果有半點良心，都應該為你做點事啊！奧朗總統説，讓我們暫時留在這裏，一旦有你妹妹的消息，就會馬上告訴我們。」小嵐又關心地説，「你好好睡一覺吧，一有你妹妹的消息，我就叫醒你。你放心睡吧！」

阿拉比像一個聽話的孩子，點點頭，很快就睡着了。

他在做夢，嘴裏喃喃着，臉上露出温暖的笑容。也許，他夢到和妹妹們歡聚一堂呢！

小嵐看着他的臉，這男孩子對他的家人的愛令她十分感動。

他是因為救公主，救賈虛國的人民，才讓自己最愛的親人陷入險境的啊！

小嵐心裏暗暗祈求，希望他的妹妹們趕快獲救，希望他們兄弟姐妹早點團圓。

她走出卧室，在卧室門口一張沙發坐了下來。她其實也很累了，但她堅持着不睡，她要等着那六個女孩子的消息。

她心裏也惦掛着日月島上的公主們，萬卡接走她們了嗎？

　　她的眼皮越來越重，就這樣靠在沙發上睡着了。她已經兩天兩夜沒有休息了。

第十四章

這個總統太卑鄙

阿拉比也許太累了，這一睡，竟睡了五六個小時，直到華燈初上時，他才醒過來。

周圍靜悄悄的，阿拉比忙爬起牀，走出臥室。

他看見小嵐靠在門口沙發上，睡得正香。啊，原來她一直守在自己臥室門口呢！

阿拉比太感動了。她是一個公主啊！有誰想到，一個公主能這樣關心一個平民百姓，這樣為一個平民百姓的事情操心。

小嵐感覺到有人站在面前，便一下睜開了眼睛。

「啊，你醒了？睡得好嗎？頭還有沒有暈？」她關心地問阿拉比。

「睡得很好！」阿拉比做了幾個打拳的動作，「你看，沒事了。」

小嵐急忙阻攔說：

「別太使勁，小心傷口。」

阿拉比心裏感到挺溫暖的。他覺得小嵐真不像是個高高在上的公主，倒像是一個會關心人的小妹妹。

妹妹！阿拉比突然想起了自己的妹妹們，馬上問：

「有妹妹的消息嗎？」

小嵐搖搖頭說：

「還沒呢！放心好了，只要我和你來這裏的事不透露出去，你妹妹她們應暫時沒事的。」

小嵐替阿拉比把把脈，脈象平穩多了。再替傷口檢查，也沒有發炎跡象，一切在好轉。小嵐放了心。

小嵐說：「你今天一天都好像沒吃什麼東西呢，我叫人送些吃的來。」

小嵐打開門，這才發現門口守着六個保鏢。這奧朗的保安工作也做得夠嚴密的。

那六個人倒挺有禮貌的，一見小嵐，便鞠躬行禮，其中一名長着兩隻招風耳的，挺臉熟的，小嵐記得是之前見過的那個小頭目。這時，「招風耳」問道：

「請問公主有什麼吩咐？」

小嵐說：「請找人送些吃的來。」

「招風耳」說：「好的，馬上送來！」

果然是「馬上」，不到十分鐘，便有人敲門。小嵐把門打開，有人笑嘻嘻地推着餐車走進來。啊，竟是頓頓！

消防喉管崩斷的那一瞬間，幸虧他及時抓住了

窗子，才沒有從十九樓掉下去，只是把手上的皮磨破了。

小嵐見到他很高興：

「頓頓，怎麼是你呀？」

頓頓也很高興，説：

「噢，真高興見到你們！剛才有人來叫找個人送餐，我自告奮勇來了，真沒想到是你們呢！我一直在找你們，要不是你們，金美大廈今天不知要死多少人呢！恐怕我也是其中一個，你們是我的救命恩人呢！」

頓頓不停嘴地繼續説着：

「你們真厲害！特別是小嵐，你只是一個女孩子，但是比很多男孩子都勇敢。你們簡直是正義的超人！」

小嵐真心地説：

「頓頓，其實你才是正義超人呢！早上要不是你冒着生命危險下來告訴我扯斷藍色電線，我會扯了紅色電線呢！」

頓頓笑得合不攏嘴：

「我也是正義超人？嘻嘻，謝謝你，小嵐。」

小嵐看看他用紗布包着的手，問道：

「你的手沒事吧？」

「沒事，只一點點疼。」他又喜滋滋地告訴兩

144

人，「現在大廈裏很多人都認識我了，見到我都伸出大拇指説謝謝。不過，查查里隊長比我幸運呢，他今天升職了，還説是總統先生建議升他的。誰知道他立了什麼功！」

頓頓的話，引證了小嵐之前的懷疑。

毫無疑問，是查查理發現小嵐打電話，設法拿到了通話內容，然後向奧朗告了密，奧朗才知道她和阿拉比的身分的。

該死的查查理！

這時，頓頓指着餐車説：

「我還有事要忙呢，你們慢慢吃，等會我來把餐車拿走。」

頓頓朝門口走了幾步，又從牛仔褲後袋抽出一份報紙：

「剛到的晚報，我還沒看呢！你們待在這裏很悶吧，先讓你們看！」

「謝謝！」小嵐接過報紙。

小嵐一邊吃東西，一邊把報紙攤在桌上看。

「啊，怎麼回事？」，她突然驚叫起來。

阿拉比嚇了一跳，問：

「什麼事？」

小嵐用手指着頭版。原來，在報紙的頭版頭條上，竟然以特大字號報道了今天記者招待會的所有

內容！

報道説：「……我們的好總統奧朗，不但履行了他任內的承諾，抓住阿達，還成功感化了一名阿達戰士阿拉比，化解了一場恐怖襲擊，救了金美大廈千萬條人命。還有，奧朗總統還獲得世界上一個經濟能力和軍力都十分強大的國家——烏莎努爾的支持。烏莎努爾公主馬小嵐親臨我國，為奧朗總統競選連任助陣。相信奧朗總統在今次定能連任成功，定能給賈虛國人民帶來前所未有的福祉，給全世界帶來空前的和平穩定！」

阿拉比看完，眼睛都直了，一時間竟出不了聲。

小嵐十分憤怒：

「是奧朗幹的！奧朗根本不想放棄宣傳自己的機會，他根本沒有阻止傳媒報道記者會的事。他為了能連任，可以貪天之功為己有，可以置別人生命不顧。真是太卑鄙了。我們都太天真了，竟然相信奧朗這樣一個不擇手段的人。」

阿拉比一把搶過報紙，一邊撕一邊罵：

「卑鄙小人！騙子！」

小嵐突然想到了什麼：

「糟了，奧朗既然可以騙我們説不會報道記者會事，那他也有可能根本沒有派人去救你的妹妹，他只是為了穩住我們！」

阿拉比頓時臉色發白，他站起來，就朝着門口衝去：

「啊，這小人，這騙子，我要殺了他！」

小嵐趕緊把他拉住：

「你出不去的，看來奧朗早已有提防。他派了六個保鏢守在門口，原來不是為了保護我們，而是為了阻止我們離開。他怕我們知道他的無，他怕我們出去捅破他的謊言。」

阿拉比焦急萬分：

「那怎麼辦，我六個妹妹，由五歲到十五歲，她們根本無法保護自己。」

小嵐說：「別着急，會有辦法的。我設法通知我們國王萬卡，讓他儘快去救你妹妹。」

阿拉比說：「但現在我們沒電話，又出不去，怎麼跟外面聯繫呢！」

正在這時候，門吱呀一聲開了，頓頓走了進來：

「兩位，東西吃完了吧！我來拿餐車。」

小嵐和阿拉比互相看了一眼，都喜形於色。請頓頓幫忙！

小嵐故意大聲說：

「還差一點吃完，你再等一會兒。」

小嵐一把將頓頓拉進屋裏，關上門。

她說：「頓頓，有帶手機嗎？」

頓頓指指門外，説：

「沒有，剛才讓門口那些兇神收走了。他們説是為了保護你們。保護你們幹嗎要收走我的手機呢？真不明白。」

小嵐有點失望，想了想，又對頓頓説：

「頓頓，能幫我一個忙嗎？」

「能，太能了！」頓頓拍拍胸膛説。

在頓頓心目中，小嵐已是他的偶像，能替偶像辦事，很光榮呢！

「你等會兒用我的名義發一條短訊。」小嵐在一張小紙片上寫了一串阿拉伯數字，「這是電話號碼。」

頓頓接過紙片，説：

「行。我辦事，你放心！短訊怎麼寫？」

小嵐説：「頓頓，你記着：萬卡，速往拯救阿拉比六個妹妹。」

頓頓一看眼睛睜得像銅鈴，定定地看着小嵐：

「萬卡？他不是烏莎努爾的國王嗎？讓他去救阿拉比的妹妹？發生了什麼事？你們是什麼人？」

小嵐説：「頓頓，你相信我嗎？」

頓頓馬上點頭説：

「信，我信你！」

小嵐點點頭：

「謝謝你信任我。既然相信，你就別問那麼多了，情況緊急，我很難用三言兩語跟你說清楚一切。以後有機會，我慢慢告訴你。」

頓頓像是下了決心：

「好，你放心，我幫你！」

這時候，外面有人敲門：

「小胖子，好了沒有。別磨蹭了，趕快離開！」

「哎，馬上出來。小嵐，明天見，明天的早餐還是我送呢！」頓頓推着餐車走了。

阿拉比問小嵐：

「萬卡國王真的能救我的妹妹嗎？」

小嵐毫不猶豫地點頭：

「能，他一定能！」

她知道，萬卡收到訊息後，一定會不惜一切代價去完成她的囑託的。

阿拉比突然用手捧着頭，一聲不吭。

小嵐以為他是着急妹妹，忙安慰說：

「你別擔心，相信我，我們國王一定會救出你妹妹的。」

阿拉比仍然抱着頭一動不動的，弄得小嵐不知何是好。

一會兒，阿拉比才放下手，說：

「小嵐，對不起，讓你擔心了。剛才頭一下子很

痛，現在沒事了。但剛才頭痛的時候，反而讓我記起了一些事情。」

小嵐很驚喜，急忙問：

「啊，你又記起一些事情了，是什麼事情？」

阿拉比的臉一下子紅了，支吾着：

「哦，只、只、只是一些小事。」

小嵐盯着阿拉比的臉，這是個不懂撒謊的男孩，他把尷尬都寫在臉上了。

小嵐說：「阿拉比，你看着我，你看着我的眼睛！」

阿拉比躲閃着，不敢正眼看小嵐。

小嵐說：「阿拉比，你騙我，你是不是在隱瞞什麼？」

阿拉比低着頭：「沒有。」

「你一定有事瞞我！你再不說，我要生氣了！」小嵐氣鼓鼓地撅着嘴。

阿拉比抬起頭，看着小嵐，哀求似地說：

「小嵐，求你別生氣，也求你別逼我！」

小嵐說：「好，我不生氣，我不逼你，你自己說。」

阿拉比吞吞吐吐地說：

「我⋯⋯我記起了阿查的C計劃。」

小嵐一驚：「啊，C計劃？！你記得C計劃了！內

容是什麼？他們還準備搞什麼恐怖襲擊。」

阿拉比欲言又止。

小嵐焦急地說：

「你說呀，快說！」

阿拉比顯得很苦惱：

「小嵐，我不能說，不能說！小嵐，你也別管了，反正，別再為這個背信棄義的總統和國家操心了。」

小嵐耐心地說：

「我理解你的心情，因為我也被奧朗騙了。但是，騙我們的、背信棄義的人，是奧朗，但如果再有恐襲發生，遭殃的會是許多無辜平民百姓。」

阿拉比說：「不會的，你信我，C計劃不會死人的。」

小嵐急了：「那你為什麼不能告訴我？急死我了！」

阿拉比說：「是因為……因為……嘿，我不能說呀！」

小嵐轉轉眼珠，說：

「那你告訴我，為什麼不能說？」

「為什麼？就因為……」阿拉比差點說出來了，但馬上又把話吞回去，「不行，這『為什麼』也不能說！」

小嵐氣得像隻鼓氣青蛙似的，她一頓腳，站了起來，氣呼呼地扔下一句：

「好啊，我以後都不理你了！我們再也不是朋友！」

說完走進另一間臥室去了。

小嵐躺到牀上，生氣地用被子捂着自己。

這阿拉比怎麼啦？看來自己對他的教育還不夠，怎能容許恐怖擊襲發生呢？他說不會死人的，又是什麼意思。

小嵐想着想着，竟睡着了。

第十五章

C計劃是什麼

　　小嵐一下子驚醒，她一骨碌爬起來，一看窗外，天已是大亮了。

　　她定了定神，想起了昨晚的事。

　　C計劃！

　　啊，阿拉比還沒講出恐怖分子C計劃的內容呢！這壞小子，真想扁他一頓！

　　小嵐氣呼呼地走出臥室，一看，原來阿拉比還坐在沙發上發呆。連那姿勢都跟昨晚自己生氣離開時一樣。

　　「你、你昨晚一直坐在這裏？」小嵐吃驚地問。

　　阿拉比抬起頭，那一臉苦惱，令小嵐看了都有點難受。

　　小嵐坐到他身邊：

　　「你怎麼不去睡？」

　　阿拉比用惶惑的眼光看着小嵐：

　　「小嵐，你真的不把我當朋友了嗎？」

　　小嵐心裏一咯噔，這傢伙，還記着昨晚跟他説的

那句話。

她心裏有點七上八下，説原諒了他嗎？那等於接受他的隱瞞；説不原諒、讓他繼續難受下去嗎？他到底還是有傷在身啊，又不想太難為他。

唉，好為難！

好像要替小嵐解圍似的，有人敲門，原來頓頓送早餐來了。

「頓頓，你來了！」小嵐高興地説。

頓頓表現得有點神神秘秘的，他一進門，就馬上返身把門關上。

不等小嵐問，他就主動匯報：

「小嵐，我昨天一拿回手機，就馬上替你發了短訊，而且很快就收到了回覆呢！」

小嵐高興地問：

「説什麼？」

「我把回覆背下來了。萬卡國王説，『放心，必全力以赴救人！注意安全。』」頓頓認真地説。

小嵐高興地拉着頓頓的手，説：

「謝謝你，頓頓！」

阿拉比臉上也綻開了笑容。

「哎，告訴你們一個秘密。」頓頓鬼鬼祟祟地看了看大門，見到關閉好，才小聲説，「剛才我坐電梯上來，電梯一開時，見到那六個人在説話，猜我聽到

了什麼？」

頓頓賣關子似的，故意不説。

小嵐瞪了他一眼，説：

「猜不到。快説嘛！」

頓頓説：「我聽到那幾個傢伙説，今天上午會召開一個恐怖分子公審大會呢。」

小嵐突然記起，臨出發前的那天晚上萬卡講過，奧朗打算在選舉前，利用抓獲阿達這件事搞一些宣傳活動，以炫耀他的反恐成績，看來就是指這公審大會了。

她無意識地看了阿拉比一眼，沒想到阿拉比好像做了什麼虧心事似的，不敢看她。

小嵐腦子裏電光火石般閃了一下，她有點明白了。

她心裏暗想：哼，好個阿拉比，等會兒再審你！

小嵐和頓頓一起把食物拿到桌子上。

頓頓説：「好啦，我得走啦！門外那些人嚇唬我，叫我別在這裏耽擱太久。他們好兇！我等會再來拿餐車和碗碟。」

頓頓一離開，小嵐就拿眼睛瞪阿拉比：

「你不説我也知道，你死活不肯講的C計劃，是跟今天的公審大會有關，是不是？」

阿拉比尷尬地低下頭。

小嵐繼續説：

「我猜猜，阿查是準備派人劫走阿達，對不對？」

「啊！」阿拉比大驚，他瞠目結舌地看着小嵐，説不出話來。

阿拉比的神情已告訴小嵐，她猜對了。

小嵐氣呼呼地看着阿拉比：

「你呀，你呀！你幹嗎不告訴我！」

「我、我⋯⋯」阿拉比抬起頭，苦惱地説，「我可以背叛組織，可以拒不執行殺害公主的任務，可以和你一起阻撓金美大廈恐怖襲擊。但是阻止組織救走阿達，我做不到！阿達救過我們，你可能不知道飢餓的滋味，你可能沒見過瘦得只剩下一副骨頭的人，當我的姐妹們快要餓死的時候，我曾在心裏想，要是誰給我妹妹一口飯吃，我願意為他做任何事，會感激他一輩子⋯⋯」

小嵐説：「阿拉比，你聽我説！是的，從表面上看，阿達是救了你們，但他給你們一點好處，你和姬瑪卻要用鮮血和生命作回報；而更重要的是，他救了你們，卻是為了利用你們去造成更多人的死亡。阿達多次策劃恐怖襲擊，令許多人慘死，不可以再讓悲劇發生了，不可以再讓他逍遙法外了！」

「這些我都明白，只是⋯⋯」

小嵐一揮手說：「好吧，我不勉強你，你想通了，就和我一塊去阻止這件事發生；想不通，就各走各路，我們道不同不相為謀。」

阿拉比苦着臉看着小嵐。

小嵐說：「時間不等人，我得馬上通知奧朗，希望他能撤消今天的公審大會。」

小嵐打開門，那個「招風耳」一見便馬上走了過來：

「公主殿下，請問有什麼吩咐？」

小嵐說：「我要找奧朗總統，有要緊的事跟他說。」

「招風耳」說：「是，請公主稍等。」

「招風耳」拿出手機撥電話。

小嵐其實並沒有把握奧朗能接納她的意見，奧朗要借國民關心的反恐問題作最後一搏，所以他肯定不想放棄這個炫耀反恐勝利的公審大會。

「招風耳」撥通了奧朗的電話，把手機交給小嵐，說：

「公主殿下，請跟奧朗總統說話。」

小嵐接過電話，說：

「總統先生，我是馬小嵐。」

奧朗假裝熱情：

「小嵐公主，昨晚休息得好嗎？有什麼需要我去

做的，請儘管吩咐。我一定替你辦好。」

小嵐打從心裏討厭這個人，她不想跟他多説什麼，馬上直奔主題：

「有一件很緊急的事提醒你。阿達組織的人會趁着公審大會劫走阿達，所以建議你馬上取消今天的活動。」

奧朗説：「首先謝謝小嵐公主對我國的關心。不過，我不會害怕的，他們敢來搶人，我就敢把他們全部消滅。」

小嵐早知如此結果，不禁有點生氣：

「總統先生，公審大會必定有大批民眾參加，如果恐怖分子搶人，必定會對民眾造成危險，難道你不關心民眾的死活嗎？」

奧朗説：「公主言重了，我們會採取必要的安全措施保護市民的。即使有些小傷亡，那也難以避免，為反恐作出犧牲，是一種光榮！」

小嵐不客氣地説：

「如果犧牲的是你，或者你的家人，你還可以這樣毫不在乎嗎？」

電話那頭的奧朗顯然愣了愣，停了停才結結巴巴地説：

「那、那當然，我隨時準備為賈虛國貢……貢獻一切。」

小嵐心裏對這個表裏不一的人已經厭惡之極，她大聲説：

　　「奧朗先生，你這樣一意孤行，會害死很多市民的，你不怕成為千古罪人嗎？」

　　奧朗嘿嘿一笑：

　　「小姑娘，勸你別多事了，你別忘了你現在是在我統治的國土上。」

　　小嵐説：「很快就不是了。摒棄人民的人，必將被人民摒棄。」

　　奧朗氣急敗壞地説：

　　「啊，你、你你你……」

　　小嵐説：「我現在再沒興趣跟你説話了。你自己一邊反省去。還有，我和阿拉比要走了，你讓那六個門神讓開一條路。」

　　奧朗奸笑着：

　　「你和阿拉比都不能走。等會我還想邀請你們參加公審大會呢！一個是堂堂大國的尊貴公主，一個是被我感化的恐怖分子，那會給我臉上增添多少光彩啊！希望你們接受我的誠意邀請，別嘗試不辭而別啊！我的保鏢會『客氣』地留住你們的。」

　　小嵐冷笑一聲：

　　「我想你一定會失望的。」

　　「不會的，我們等會兒見。尊敬的公主殿下！」

奧朗把電話掛斷了。

「招風耳」拿回電話，又朝小嵐作了個「請回」的姿勢。小嵐笑笑，不慍不怒地走回了總統套房。

阿拉比説：「那大騙子説什麼？」

小嵐説：「如我所料，他不肯放棄今天的公審大會，他還無恥到要利用我們呢！我們要趕快離開這裏。」

阿拉比説：「好！我們衝出去吧。」

小嵐説：「門外有六個人，你現在還帶着傷，怎打得過他們？」

阿拉比説：「那怎麼辦？這裏是四十樓，又沒有這麼長的消防喉管可以讓我們滑到地面！」

小嵐的眼睛突然落在頓頓推食物進來的餐車上。

今天頓頓用的餐車跟昨天的不一樣，是舊式的。它有半人高，長長方方的，上面鋪了一塊潔白的桌布，在四面低垂下來……

小嵐過去用手撩起桌布，餐車有塊底板，完全可以蹲兩個人！

「啊，頓頓，頓頓，你今天這車子用得好，簡直就是為了幫我們而來的。」小嵐興奮地説，「等會兒我們就躲在裏面，神不知鬼不覺地讓頓頓把我們推走……」

第十六章

囚車在藍十字路口被劫

頓頓提心吊膽地帶着小嵐和阿拉比，從餐飲部後門走了出去，來到了一條大街上。這時，他才大大地鬆了一口氣。

「啊，嚇死我了，嚇死我了！」頓頓用手拍着胸脯，臉色蒼白，看來還心有餘悸。

小嵐哈哈大笑說：

「你膽子真小！剛才推着餐車經過那六個保鏢身邊時，我躲在車子裏，也感覺到你的腿在發抖呢！」

阿拉比也忍不住笑了。

「哪裏哪裏，沒有啊！」頓頓死撐着不承認。

「就是就是，我看見了，看得很清楚呢！」小嵐不依不饒。

阿拉比也說：「我也看見了。」

頓頓紅着臉，不好意思地說：

「你們知不知道，今天我做的事情，是我十八年來最驚險的一次了。我好怕那些人說，『小胖站住，讓我檢查一下車子。』那就露餡了。幸虧沒事。」

小嵐拍拍頓頓的肩膀説：

「跟你開玩笑呢！頓頓，你一點不膽小，你是個英雄。要不是你，我們真出不來呢！」

頓頓很高興：

「謝謝！我想我以後一定會越來越勇敢的！」

他又拿出紙筆，説：

「能留手機和電郵地址給我嗎？我們以後多聯繫。我希望能常常得到你的鼓勵！」

小嵐説：「好啊，我寫給你！我們後會有期！」

頓頓興奮地説：

「一定，我們一定會再見面的！」

他依依不捨地跟小嵐和阿拉比説了再見。他要趕回去當值，不得不離開。

「再見，小嵐！再見，阿拉比！」

「再見，頓頓！」

跟可愛的頓頓告別後，阿拉比説：

「小嵐，你趕快回你的國家吧，別管那麼多事了！」

小嵐像隻好鬥的小雞一樣狠狠地盯着他，説：

「再説我就要打人了。明知這裏有事發生，我一走了之，我還算是個人嗎？」

然後又説：「你想走的話，你就走吧。你去烏莎努爾，找國王萬卡，也許，他已替你把妹妹們救回去

了。」

阿拉比聽了很生氣:

「小嵐,你把我看成什麼人了!我堂堂男子漢
竟然自己跑掉,讓你一個女孩去冒險?我跟你一起
去!」

小嵐暗笑,激將法成功了,她說:

「那很歡迎啊!說真的,光是我一個人,還真
不知道該怎麼做呢!現在我們馬上去現場,見機行
事。」

兩人剛要走,才想起還不知道公審大會會場在
哪裏。

小嵐四處瞧瞧,說:

「根本不用問。你看那些行人手裏拿着什麼?」

阿拉比一看,只見很多三五成羣的人,手裏拿着
牌子,都朝着一個方向走去。那些牌子上寫着各種各
樣的字句,但都跟反恐有關。有的寫着「恐怖分子血
債血償!」;有的寫着「阿達罪該萬死!」;有的寫
着「政府反恐有功!」;有的還寫着「支持奧朗總統
連任!奧朗總統反恐有功!」

這些人無疑都是前往公審大會會場的。跟着他們
走沒錯。

兩個人跟着人羣走,一路見到有許多全副武裝的
警察在巡邏,戒備很是森嚴。走了差不多二十分鐘,

到達了一個名字叫「勝利」的大廣場。

看來奧朗的宣傳發動工作做得很好，偌大的廣場坐滿了人。又見到廣場四周貼滿了各種標語，內容除了人們手上的牌子寫的內容之外，還有更多的對奧朗歌功頌德的口號標語。

廣場正面的舞台上搭了個臨時直播室，看來奧朗是打算把公審大會作現場直播，讓全國甚至全世界都能看到。

怪不得奧朗不肯放棄這場公審大會，這大會真能給他的競選加不少分呢！

小嵐看着黑壓壓的人羣，心裏越加擔憂，恐怖分子如果選擇在這裏搶人，不知會造成多大的混亂，多大的傷亡呢！

阿拉比也呆住了。他已經明白了小嵐的焦慮。

廣場裏裏外外都有許多警察在巡邏，還有一些疑似便衣警察的人在人羣中穿插着。小嵐拉着阿拉比，在人羣裏穿穿插插的，走到了最接近舞台的地方，找了個地方坐下。

最危險的地方就是最安全的地方，相信奧朗怎麼也不會想到，小嵐和阿拉比就坐在他眼皮底下。

小嵐悄悄問：

「阿拉比，你再想想，在 C 計劃中，究竟是打算在半路上劫走阿達，還是到了會場後再搶人？」

阿拉比有點無奈地看着小嵐：

「對不起，這點我真的記不起來了。」

沒辦法，只好見機行事了。

突然，全場爆發出一陣熱烈的掌聲，小嵐一看，原來是有人陸續走上了舞台。先是一隊精壯的保鏢，然後是滿臉笑容的奧朗總統，接着是一班政府高官。

阿拉比看着奧朗，咬牙切齒地說：

「這個騙子，騙子！」

這時，一名女主播走進了臨時直播室，舞台右側的一個巨型屏幕也開啟了，隨着一陣音樂聲，直播開始了。

女主播用煽情的聲音介紹了奧朗總統積極推行反恐的功績，然後說：

「現在，讓我們把鏡頭轉向藍十字路口，那是押送阿達的囚車必經之處，我們請等候在那裏的記者阿簡介紹一下情況。」

電視畫面轉到了一個十字路口，一名手持無線咪的女記者神情緊張地作着報道：

「⋯⋯我現在的位置是在藍十字路口，押送阿達的囚車正在向這裏開來。據聞，這囚車是國內最新科研產品，除了駕駛室可以自由開關之外，後面關押犯人的車廂是用電子儀器操控的⋯⋯啊，我看見了，囚車已向我這邊開來，快要進入鏡頭裏⋯⋯」

女記者話未說完，聽到「砰砰砰」的槍聲響起，隨即聽到女記者一聲尖叫，畫面一陣亂晃，然後突然什麼都沒有了，只留下一片沙沙聲。

廣場上的人都呆了，不知道發生了什麼事。

小嵐一把抓住阿拉比的手，說：

「出事了！」

畫面又轉回了直播室。女主播緊張地喊着女記者的名字：

「簡，簡，請回答，請回答！」

幾分鐘後，畫面又切回了剛才的十字路口，女記者出現了，她顯得十分慌亂：

「觀、觀眾們，由於剛才這裏爆發了一場槍戰，所以直播中斷了。運送阿達的囚車不知什麼時候被恐怖分子控制了，司機變成了他們的人。在眾目睽睽下，車子走到藍十字路口時突然轉向，朝碼頭開去。估計恐怖分子是打算從碼頭坐船逃走……」

廣場上像炸開了鍋，人們都感到十分震驚。

這時，一直坐在台上看着屏幕的奧朗起立，對着咪高峯大聲說：

「大家別驚慌，沒事的，恐怖分子跑不掉的。因為，我已經料到他們會來劫人，所以，我已經作了防範。」

奧朗不慌不忙地走進直播室，坐到女主播旁邊：

「請技術人員打開囚車內的通訊器。」

奧朗又說：

「囚車內的阿達，你別高興得太早，你跑不了的！你很幸運坐上了我國的最新科技產品，沒有我的許可，誰也無法打開囚車讓你出來。這囚車的材料堅硬無比，打不爛敲不開。你還是趕快停車，乖乖就擒。還有，我已經在車裏放了炸彈，只要我的手指頭一動，你就會在車子裏粉身碎骨。」

囚車邊沒有人回應，過了好一會身，才聽到一把低沉的男聲罵了幾句什麼。

奧朗很得意：

「哼，阿達，你鬥不過我的，現在由我說了算，你還是乖乖投降吧。我這個人向來急性子，我數十下，你不回頭，我就送你上西天。一⋯⋯二⋯⋯三⋯⋯四⋯⋯五⋯⋯六⋯⋯七⋯⋯八⋯⋯九⋯⋯」

傳來阿達惱火的聲音：

「好，回去就回去！」

奧朗哈哈大笑：

「任你什麼恐怖分子，都得敗在我的手下！」

「嘩嘩⋯⋯」熱烈的掌聲在場內響起。

屏幕畫面又切回藍十字路口，又見到剛才那個女記者，她一臉驚喜：

「啊，天哪，神奇的事發生了，阿達的囚車開

回來了！開回來了！沿着原定路線，向大廣場開去呢！」

　　廣場上的人聽了，都歡呼起來：

　　「奧朗總統真厲害！」

　　「支持奧朗總統！」

　　「有奧朗總統就有和平！」

　　「支持奧朗總統連任！」

　　掌聲、喊聲震耳欲聾。

第十七章

生死時刻

　　屏幕又換了另一個畫面：一輛囚車在路上行駛，朝勝利大廣場方向飛馳而來。

　　小嵐注視着屏幕上那輛設計獨特的囚車，問阿拉比：

　　「你認為阿達真的那麼容易就投降了嗎？」

　　阿拉比有點困惑：

　　「我覺得……我覺得阿達是不會那麼容易認輸的。」

　　小嵐不禁很擔心，奧朗和警衛部隊一定會覺得阿達很容易對付而放鬆警惕，這樣反而給了阿達機會。

　　從屏幕上可以看到，囚車已經到了廣場門口。廣場裏民眾羣情激昂，大叫口號：

　　「打倒恐怖分子！」

　　「阿達該死！」

　　「恐怖分子見鬼去吧！」

　　大批警衛部隊包圍着囚車，囚車沿着廣場旁邊一條車道，緩緩開到了舞台左側。全副武裝的警察首先

打開駕駛室，捉了兩名阿達戰士。這時，奧朗手持遙控器，開啟了後面關着阿達的車廂。

一個被手銬銬着的大約五十歲的男人走下車來。他就是曾製造了多次恐怖襲擊的阿達。

小嵐這時離阿達只有幾米遠，她清楚地看到了他的臉。這恐怖分子頭目長得也真夠恐怖的，濃眉下是一雙兇狠的圓眼睛，鼻子像鷹的嘴巴，臉上一條傷疤從太陽穴一直到達耳朵根，這令到他的臉很是猙獰。

這模樣，真是令人看一眼都會倒抽一口冷氣。

兩名全副武裝的警察押着阿達走上舞台。

這時，台下的人都安靜了下來，大家伸長脖子，都想看清楚這個殺人魔王究竟長什麼樣子。

奧朗得意地看着朝舞台中間走來的阿達説：

「阿達先生，你到底還是敗在我手裏了。哈哈哈……」

但是，他的笑聲餘音未了，就出事了。阿達經過臨時直播室時，以迅雷不及掩耳的快速動作，一把抓住女主播，把她擋在自己面前。

「我有炸彈，誰也不許動！」阿達高舉着一個黑盒子，得意地説，「奧朗，你太小看我了，你看看這是什麼，這是你的炸彈，已經被我拆下來了。你不知道我是個炸彈專家嗎？經我稍稍一改裝，你那個遙控器沒用了，現在控制爆炸的主動權在我手裏。奧朗，

我想這炸彈的威力你最清楚吧，如果我不高興的話，一按按鈕，這周圍十幾米的人都難逃一死。」

在場所有人目睹了這一幕，大家都呆了。奧朗更是張大嘴巴，呆若木雞。

「該死又愚蠢的奧朗！」小嵐之前設想了許多可能性，但萬萬沒有想到，阿達現在用以震懾奧朗的，正是奧朗自己布下的大殺傷力武器。

台上台下陷入僵局。

阿達看着被保鏢們用盾牌保護起來的奧朗，冷笑着，說：

「奧朗，你聽着，現在輪到我說了算。一，立刻放了我兩個兄弟；二，給我一輛車，讓我的兩個兄弟駕駛着來到舞台旁邊，接我走。按我說的去做！只要我到了安全地方，就會放了人質。」

奧朗知道電視鏡頭正把這裏發生的一切直播出去，他想，自己無論如何都不能在全國人民面前軟弱，否則將無法再連任總統，所以，他縮在盾牌裏大聲說：

「阿達，你別癡心妄想了，我不會怕你這個該死的恐怖分子的，你別想我屈服！」

台上一個胖胖的官員小聲提醒說：

「總統，別激怒了阿達，先穩住他為好。」

奧朗不滿地說：

「我自有分數，不用你教。」

只聽阿達冷笑一聲：

「奧朗，你別以為我不敢，最多和你同歸於盡。趕快按我說的去辦！」

「啊！」被劫持的女主播尖叫起來，突然，她用手捂着胸口，叫道，「痛，心好痛！」

阿達看了女主播一眼，不耐煩地說：

「別裝了，我不會上當的。」

女主播大口大口地喘着氣：

「我……我真的有病……我有心臟病！」

奧朗說：

「你先放了女主播，讓她去醫院。你是個大男人，你不覺得欺負一個女子，很不人道嗎？」

阿達說：

「哈哈！好啊，我不是個大男人，那你是嗎？要是的話，你可以英雄救美啊，你來做人質，我馬上放了她。來呀，過來呀！」

「我、我……我為什麼要聽你這個恐怖分子指揮？！你這個該死的恐怖分子！」奧朗有點惱羞成怒。

那個胖胖的官員實在忍不住了，他又小聲地對奧朗說：

「總統，情勢危急啊！女主播很危險，阿達手裏

的炸彈更危險。你不是不知道，阿達是個狂人，他什麼事都幹得出。萬一他引爆炸彈，這擠滿人的廣場，炸死、踩死，傷亡會很慘重啊！不如佯裝答應他的要求，同意馬上派車來，讓他先放了女主播。我們一邊拖延時間，一邊找機會消滅他。」

奧朗狠狠瞪了胖官員一眼，說：

「貝伯，你要讓我在全國和全世界人民面前丟臉是嗎？你想讓我連任告吹嗎？我不會上你的當的。」

那胖官員氣得臉色發紫：

「混帳！人命關天，你還只顧你的總統連任！」

眼看着奧朗只顧表現自己，而絲毫沒有考慮如何去化解危機，罔顧市民安全，小嵐快氣炸了。她懂點醫學，看得出女主播的確是心臟病發作了，這種情況如果得不到及時救治，會導致死亡的。

她情急之下對阿拉比說：

「我知道你槍法很準，你瞄準阿達，打他舉着炸彈的手！」

阿拉比說：

「不行，不行。」

小嵐急壞了：

「阿達不死，女主播就要死，廣場上很多人也要死，到了這時候，你還……」

阿拉比說：

「小嵐，不是這樣的。阿達手裏拿着的炸彈，落地時有可能引起爆炸。所以，不到最危險一刻，不可以開槍打他。」

「那怎麼辦呢？怎辦呢！」小嵐騰地站了起來，「不行，我得去救那女主播。」

阿拉比拉住她：

「你想幹什麼？」

小嵐甩掉阿拉比的手，跑前幾步，一躍跳上了舞台。台上台下的人都被她的舉動嚇了一跳。

小嵐走近阿達，説：

「放開女主播，我代替她做人質。」

阿達打量了小嵐一下，説：

「你好大的膽子，你不怕死嗎？」

小嵐勇敢地説：

「別囉嗦，你只是想要個人質而已，換我也一樣啊！」

阿達想了想，説：

「好吧，我也不想這半死不活的女主播拖累我，等會走的時候還得背着她。」

阿達一手推開女主播，又迅速抓住小嵐，用她擋在自己前面。小嵐感覺到，阿達的手勁很大，要脱離他的魔掌看來很難，心想只好等候機會了。

女主播捂着胸口跌跌撞撞地走下舞台，有人馬上

把她扶上了一副擔架，送上了救護車，車子很快飛馳而去。

台上台下的人目睹小嵐救人，都很感動，竟鼓起掌來。

阿達揶揄說：

「奧朗，你真是個怕死的縮頭烏龜，你連個小姑娘都不如。」

奧朗大怒：

「阿達，你別忘了你現在是在我的國土上，我堂堂總統，是不會被你要脅的，就是有所犧牲，也在所不辭！」

阿達說：

「那這小姑娘的生命安全，還有這廣場上你的大批國民的生命安全，你都不顧了嗎？」

奧朗惱怒地說：

「要反恐就要付出代價，犧牲些人命算什麼。」

場上人羣突然發出一陣噓聲。人們很明顯對總統的言行有點憤怒。

阿達說：

「奧朗，你口口聲聲說我殺害無辜，其實你還不是跟我一樣？今天死在這裏的人，都是你殺的。哈哈，我一條命換你們這麼多條命，值了！」

眼看阿達就要有所行動，台下躍上來一個人，衝

到阿達面前。

那人正是阿拉比。

「阿達領袖！你住手！」

阿達一看，獰笑着：

「啊，是你呀！我救了你的一家，難道你敢反對我。」

阿拉比說：「阿達領袖，小嵐也救了我啊！她不僅救了我，還救了我的靈魂。阿達領袖，懸崖勒馬吧，別再傷害無辜了！你把小嵐放了，把炸彈交給我，和我一樣，放下屠刀，立地成佛。」

「你這個叛徒，去死吧！」阿達突然飛起一腳，把阿拉比踢倒在地。

小嵐大驚：

「阿達，你這個壞蛋！」

阿達說：

「奧朗，我數三下，如果再不答應我的要求，我就跟你們同歸於盡！」

小嵐見情況危急，她拚命掙脫去搶阿達的炸彈，無奈阿達的手就像一個鋼鉗子一樣，死死地鉗住她的脖子。

阿達高舉炸彈，喊道：

「一……二……」

奧朗見阿達真要按爆炸彈，竟嚇得不知何是好，

急忙把整個身體縮進盾牌之下。阿達見奧朗沒有答應的跡象，惱羞成怒，大吼一聲就要按下去……

正在這千鈞一髮的時候，舞台上空樹影中有個人抓着根繩子，「嗖」的一下，瞬間落到阿達和小嵐的左側，阿達好像察覺到了，一轉頭……

但他還來不及做反應，那人就舉手朝阿達開了一槍。子彈正中阿達左肩，阿達整個人一顫，身子發軟。這時，他的手一鬆，手裏的炸彈眼看要落下，躺在地上的阿拉比伸手一接，把炸彈接住了。

小嵐朝左邊望去，見到了一張熟悉的臉孔。

「萬卡哥哥！」小嵐跑了過去，跟那人緊緊擁抱。

萬卡抱歉地說：

「對不起，我來遲了，讓你受驚了。」

小嵐把臉埋在萬卡胸前，感激地說：

「不遲不遲，謝謝你又救了我一次。」

萬卡輕撫着小嵐的頭說：

「我說過，我會一輩子保護你，不會讓你受到傷害的。」

小嵐好感動好感動，她覺得自己是世界上最幸福的女孩。

這時，台下響起一片掌聲，有人在大聲喊：

「我認得那從天而降的英雄，我在電視上見過

他，他是烏莎努爾的國王，那勇敢的女孩是他的公主……」

「國王萬歲！公主萬歲！」

歡呼聲震耳欲聾。

萬卡和小嵐手拉手，向人羣鞠躬致意。

奧朗直到這時候才從盾牌的「森林」裏鑽出來，他整整衣服，笑嘻嘻地走過來：

「國王陛下，您好！我是總統奧朗。」

一向對人和善的萬卡，此刻一臉怒氣，他說：

「奧朗先生，你怎可以如此無視我國公主的性命，無視貴國國民的生命？」

奧朗理直氣壯地說：

「對付恐怖分子難免有犧牲，我剛才不也身陷險境嗎？」

旁邊那個胖胖的官員再也忍不住了，他走過來，把奧朗的衣服一掀，露出了穿在裏面的一件防子彈、防炸彈的最先進的防彈衣。

人們嘩然，原來奧朗自己早作了防備！

「太可惡了！」台下人羣裏有人喊了一聲。

於是，馬上羣情洶湧，台下的人紛紛脫下鞋子，往奧朗身上扔，嚇得奧朗趕緊逃下舞台，躲起來了。

胖官員走到小嵐和萬卡身邊，對萬卡說：

「萬卡先生，謝謝您和您的公主救了我們！」

萬卡跟他熱情握手：

「貝伯先生，別客氣，我們只是做了應該做的事！」

小嵐睜大眼睛，哦，原來他就是跟奧朗競爭下屆總統的貝伯。怎麼萬卡好像跟他很熟。

萬卡好像知道小嵐在想什麼，他笑着說：

「我接到你的短訊後，就找了貝伯先生幫忙，讓他保護你。」

這時，有人跑過來，笑嘻嘻地拉着小嵐的手，啊，是頓頓呢！

「頓頓，是你呀！你怎麼跑到這裏來了？」

貝伯笑着說：

「頓頓是我兒子，是我叫他把你們從金美大廈帶出來的。」

頓頓對小嵐說：

「你讓我發短訊給萬卡國王的事，我告訴了爸爸。爸爸馬上讓我幫助你們。」

小嵐恍然大悟，怪不得頓頓今天送早餐時，會用了一輛舊式的餐車，原來是特意來救他們出去的。

小嵐向貝伯說：

「謝謝你，貝伯先生。你有一個很勇敢很善良的兒子。」

貝伯笑得合不攏嘴：

「謝謝您對頓頓的鼓勵。我覺得他這兩天突然長大了，突然變勇敢了，我想這離不開您對他的影響。」

萬卡對小嵐說：

「貝伯先生是個好人。他昨天協助我成功做了一件事，這件事你聽到一定很高興。」

小嵐馬上問：

「有關阿拉比妹妹的？」

萬卡笑道：

「正是。貝伯先生給我提供了她們所處的正確位置，讓我的特別行動隊順利把她們救出來了。當時，她們已經被囚禁，情況危險。」

小嵐高興得喊了起來：

「啊，太好了！我們趕快去告訴阿拉比！」

見到有人用擔架把阿達抬走。小嵐見阿達一動不動的，問萬卡：

「你剛才打了他一槍，他會死嗎？」

「他不會死的。」萬卡笑着拿出一枝小得可以藏在掌心的手槍，說，「我是用這枝微型麻醉槍打他的，他只是被麻醉了。」

一名醫護人員正在給阿拉比包紮受傷的膝蓋。

萬卡微笑着對阿拉比說：

「你好，我是萬卡國王。非常感謝你奮不顧身衝

上台去阻止阿達，給我贏得了時間。」

阿拉比說：「不，國王先生，應該說，感謝您和您的公主一次又一次救了我。小嵐公主不但救了我生命，還讓我懂得了愛和善良。」

他又急切地問：

「國王先生，有找到我的妹妹嗎？」

萬卡指指不遠處：

「你看，是誰來了？」

「弟弟！」

「哥哥……」

姬瑪帶着六個高矮不一的小女孩歡叫着朝阿拉比跑來。

阿拉比的視線模糊了，眼淚嘩嘩地流了下來。

第十八章

第一公主

　　玫瑰島上，陽光燦爛、百花爭豔，世界公主決賽如期進行了。

　　史密斯先生的設計風格令人驚歎，比賽舞台簡直美得像個童話中的仙境，上空是奇幻的月亮船、神奇的星座圖、拿着小弓箭在飛翔的美麗小天使；地上有美麗的森林小仙子，帶着一羣可愛的小動物載歌載舞。配上變幻無窮的激光效果，更是美得無法用語言去形容。

　　司儀小姐用甜美的聲音宣布了比賽的開始。司儀小姐原來是安娜呢！脱下行政裝，穿上一身晚禮服，她已變成一個儀態萬千的主持人了。

　　安娜逐一介紹二十位公主們出場，她們中間包括五位獲救的公主——茜茜、莎莎、美姬、素姬、胡追追。

　　二十名參賽公主各顯美態，令人目不暇給。

　　小嵐頭戴鑽石冠、身穿公主裝，端坐在評判席上。她認真地觀看着參賽公主們各個環節的表現，但

又時不時在比賽過場時，扭頭給後面的一個人報以甜蜜的微笑。

在她後面，坐着嘉賓萬卡國王。國王的眼睛一直盯着小嵐美麗的背影，好像總也看不夠，台上發生了什麼，他一概視而不見。

看比賽最認真的人要數曉晴了。她的眼睛基本上是一眨不眨的，因為她怕錯過了哪怕是一秒鐘的演出。公主們漂亮的裝扮實在令她十分着迷。

看比賽最不認真的要算是我們的曉星同學了。玫瑰島的水果世界馳名，這個饞貓從比賽開始就全力以赴對付擺在桌上的各式水果，看樣子，不把它們全部「殲滅」，他是誓不罷休的。瞧，他面前小桌上的果皮果核，已經堆成一座小山。

比賽進入尾聲，經過評判合議之後，二十名公主盛裝上台，排成一列，等候宣布結果。

在一陣又一陣掌聲中，冠、亞軍誕生了，她們分別是胡魯國公主茜茜、神馬國公主莎莎，而季軍則並列的兩名——胡陶國的美姬和素姬姐妹。

嘩嘩嘩，掌聲響個不停。

最後，該是揭曉「第一公主」的時候了。

「第一公主」是由各國人民在網上投票選出的，地球上的公民都可以一人一票，從二十名參賽的世界公主中，選出一名自己心目中的最完美公主。

安娜拿着網上選舉結果走到了台前，她興奮地說：

「這次『第一公主』選舉得到了全世界人民的空前熱烈支持，但令人驚訝的是，幾乎大多數人都違反了投票規定，他們沒有投票給任何一位參賽者，而是投給了參賽者以外的一位公主。不過，經世界公主籌委會商議，一致決定尊重世界人民的意願。因為這位公主剛剛以她的勇敢和善良，制止了罪惡，拯救了許多人的性命。這位世界人民心目中的第一公主就是——烏莎努爾公主，馬小嵐！」

嘩嘩嘩，掌聲如雷。

一束柔和的光打在評判席上的小嵐身上，小嵐在一陣短暫的驚訝後微笑着站了起來。她的裙裾太長了走路有點不便，萬卡國王馬上起立，輕輕牽住她的手，把她帶上台。英俊的國王，美麗的公主，加上美麗的背景，構成了一幅絕美的圖畫。

嘩嘩嘩——那掌聲，簡直驚天動地。

掌聲中，聯合國和平協會秘書長安陽，一位鬢髮皆白、面目慈祥的老伯伯，把獎盃交到小嵐手裏，他說：

「小姑娘，世界因你更美好！」

小嵐臉有點發紅，她說：

「謝謝安陽先生！」

她又對着鏡頭說：

「謝謝所有給我投票的人們，謝謝你們給我如此大的榮譽！」

又是熱烈的掌聲。這時，從後台走出一個大約五六歲的小姑娘，她懷裏抱着一隻代表和平的雪白的鴿子。她是阿拉比最小的妹妹姬莉。

小嵐把獎盃交給萬卡。她俯身親了親姬莉的小臉蛋，然後接過小白鴿。她把小白鴿高高舉起，説：「願世界沒有戰爭，願人類和平共處，願天下人都有幸福的家庭，願孩子們都有快樂童年……」

小嵐説完放了手，小白鴿拍着翅膀飛起來了，帶着小嵐美好的祝願，飛向了藍天，飛向了美好的世界……

公主傳奇10

第一公主（修訂版）

作　　者：馬翠蘿
繪　　畫：滿丫丫
責任編輯：葉楚溶
美術設計：李成宇
出　　版：新雅文化事業有限公司
　　　　　香港英皇道499號北角工業大廈18樓
　　　　　電話：（852）2138 7998
　　　　　傳真：（852）2597 4003
　　　　　網址：http://www.sunya.com.hk
　　　　　電郵：marketing@sunya.com.hk
發　　行：香港聯合書刊物流有限公司
　　　　　香港荃灣德士古道220-248號荃灣工業中心16樓
　　　　　電話：（852）2150 2100
　　　　　傳真：（852）2407 3062
　　　　　電郵：info@suplogistics.com.hk
印　　刷：中華商務彩色印刷有限公司
　　　　　香港新界大埔汀麗路 36 號
版　　次：二〇二一年八月初版

ISBN：978-962-08-7827-5
© 2012, 2021 Sun Ya Publications (HK) Ltd.
18/F, North Point Industrial Building, 499 King's Road, Hong Kong
Published in Hong Kong, China
Printed in China